D0626726

Nous remercions le ministère du Patrimoine canadien,
la SODEC et le Conseil des Arts du Canada
de l'aide accordée à notre programme de publication

 Patrimoine   Canadian
canadien   Heritage

  Conseil des Arts   Canada Council
du Canada   for the Arts

ainsi que le gouvernement du Québec
– Programme de crédit d'impôt
pour l'édition de livres
– Gestion SODEC.

Nous reconnaissons l'aide financière
du gouvernement du Canada
par l'entremise du Programme d'aide au développement
de l'industrie de l'édition (PADIÉ) pour ce projet.

Logo de la collection :
Vincent Lauzon

Illustration de la couverture :
Louis-Martin Tremblay

Maquette de la couverture :
Ariane Baril

Édition électronique :
Infographie DN

Membre de l'Association nationale des éditeurs de livres

ASSOCIATION NATIONALE DES ÉDITEURS DE LIVRES

Dépôt légal : 2ᵉ trimestre 2011
Bibliothèque nationale du Canada
Bibliothèque nationale du Québec

1234567890 IM 0987654321

Copyright © Ottawa, Canada, 2000
Éditions Pierre Tisseyre
ISBN 978-2-89633-100-0
11322

Le bal des finissants

DE LA MÊME AUTEURE
AUX ÉDITIONS PIERRE TISSEYRE

Collection Papillon
Mystère et vieux matous, 1991.

Collection Faubourg St-Rock
La rumeur, 1993.
Pas de vacances pour l'amour, 1995.
Le roman de Cassandre, 1996.
Le bal des finissants, 1997.
Les ailes brisées, 2000.

Collection Faubourg St-Rock+
La rumeur, 2007.
Pas de vacances pour l'amour, 2011.
Le roman de Cassandre, 2011.

CHEZ D'AUTRES ÉDITEURS
Les Éditions Héritage, Collection Pour lire avec toi
Mougalouk de nulle part, 1989.
Annabelle, où es-tu ? 1989.
Une gomme bien ordinaire, 1990.
Au secours de Mougalouk, 1991.
Le pilote fou, 1991.

AUTRES CRÉATIONS PROFESSIONNELLES
Télévision (scénarisation)
Pacha et les chats, séries I à IV, 1991-1995,
    Productions Prisma, SRC.
Les Zigotos, 1994-1995, Productions Prisma,
    Canal Famillle.
Macaroni tout garni, séries I à IV, 1998-2001,
    Vivavision, Télé-Québec.
Bric-à-Brac, 2001-2002, série produite et diffusée
    par la SRC.
Le retour de Noël Baumier, 2002, conte pour tous,
    produit et diffusé par la SRC.

Danièle Desrosiers

Le bal des finissants

Roman

**ÉDITIONS
PIERRE TISSEYRE**
w w w . t i s s e y r e . c a

155, rue Maurice
Rosemère (Québec) J7A 2S8
Téléphone: 514-335-0777 – Télécopieur: 514-335-6723
Courriel: info@edtisseyre.ca

Catalogage avant publication de Bibliothèque et Archives
nationales du Québec et de Bibliothèque et Archives Canada

Desrosiers, Danièle

    Le bal des finissants

    (Collection Faubourg St-Rock+; 22)
    Éd. originale: ©1997 dans la coll.:
        Collection Faubourg St-Rock
    Pour les jeunes de 12 ans et plus.

    ISBN 978-2-89633-100-0

    I. Titre II. Collection: Faubourg St-Rock+; 22

PS8557.E726B34 2011   jC843'.54   C2010-942678-9
PS9557.E726B34 2011

Chaque jour il faut danser,
fût-ce seulement par la pensée.

Nahman de Braslaw

1

« Ma chandelle
est morte… »

« **V**otre attention, chers clients : veuillez vous diriger vers les caisses, nous fermons dans cinq minutes ! Merci de magasiner chez… »

Il était entre chien et loup, heure étrange entre toutes, celle du jour déclinant. Les commerçants du Faubourg poussaient aimablement leur clientèle vers la sortie. À contre-courant, les retardataires s'engouffraient en hâte dans les boutiques et n'en ressortaient que pour foncer, les bras chargés de paquets, vers le refuge des voitures et des abribus. Les restaurants et salles de cinéma faisaient leur plein de clients pour la soirée.

On approchait la mi-avril. Les citrouilles en moins, on se serait cru à l'Halloween : le ciel bas, écrasant, était zébré d'éclairs. La brume déformait tout, les silhouettes, les voix, la perspective des choses et jusqu'aux bruits de pas sur les trottoirs mouillés.

Samedi tristounet. Il avait plu toute la journée, comme on pleure un gros chagrin d'amour : au début sans discontinuer, puis avec des accalmies de plus en plus fréquentes, des risettes de soleil à travers les nuages, tout ça entrecoupé d'orages et de rafales de vent.

Trois filles en quête de robes de bal revenaient bredouilles de leur virée shopping, déçues et encore plus maussades que la météo. Comble de malchance, aucun de leurs parents, amis de cœur, copains et connaissances n'était disponible pour venir les chercher.

— Merci quand même ! fulmina Élodie en refermant son cellulaire.

Franchir les portes du mail équivalait à se jeter tête baissée dans la flotte. Patricia, qui avait reçu des coupons *Cool Taxi* en cadeau, s'interrogea longuement sur la pertinence d'en flamber un dans le seul but d'éviter la douche froide. Était-ce un cas de force majeure, comme le prétendait Élodie ? Leur autobus passait juste en face, mais il aurait fallu traverser le boulevard au péril de leur look printanier. Patricia finit par céder à l'argument fantaisiste de Stéphanie : après tout, il pleuvait à *boire* debout !

Blotties les unes contre les autres dans le taxi douillet qui les ramenait chez Pat, les amies s'entretinrent à voix basse d'une copine, Sarah, qui acceptait rarement de les accompagner dans leurs virées et qui développait une fâcheuse tendance à s'isoler. Il faudrait l'entourer, la forcer à sortir. D'autant plus que l'heure du bal allait bientôt carillonner. Encore fallait-il trouver des robes! Soupirs.

La voiture avançait par à-coups dans l'encombrement des rues. Le petit sapin suspendu au rétroviseur lâchait en tressautant d'écœurantes bouffées de parfum artificiel. Prise de malaise, Élodie plaqua son foulard de soie contre sa bouche et fixa son regard sur la route. Le mouvement irrégulier des essuie-glaces entretenait sa nausée. «Ça y est, mon Dieu, ça y est», s'émut-elle. Elle ferma les yeux.

Une gerbe d'eau sale balaya le pare-brise, une moto les dépassait en vrombissant.

— Regardez! cria Stéphanie. C'est Scooter, avec Nadia! Il n'y a rien pour les arrêter, ces deux-là!

— Je les vois très bien arriver au bal en moto, gloussa Pat.

— En habit et en robe longue? C'est *trop* dingue!

— C'est encore plus dingue de ne pas y aller, comme Sarah.

— Elle n'a jamais dit qu'elle n'irait pas, observa Élodie.

— Elle n'a jamais dit le contraire non plus.

— Justement! conclut Patricia. Ce n'est pas normal. Ah, c'est ici, monsieur, on est arrivées.

Délesté de sa cargaison pépiante, le taxi se dirigea vers le snack-bar Chez Pop où le chauffeur espérait se restaurer en vitesse. Victor Daigneault n'avait pu s'empêcher de prêter l'oreille à la discussion de ses passagères : il avait cru en reconnaître une, et les propos qu'elles échangeaient le concernaient au premier degré. Il espérait en tirer des réponses. Il avait une fille de leur âge, Michelle, qui terminait elle aussi son secondaire.

Allait-elle bientôt lui parler de son bal, avoir besoin d'argent pour sa robe et lui en demander ? Michelle était si débrouillarde, si autonome, ne lui réclamant jamais un sou de plus que ce qu'il lui donnait pour l'épicerie et ses petites dépenses. Une fille sans mère pour la guider et l'accompagner dans cet étrange et féerique rituel de passage qu'était le bal des finissants pour les adolescentes.

Était-ce un bien ou un mal que Michelle, comme la Sarah de ses passagères, soit d'une discrétion aussi absolue sur ses fréquentations, ses activités, ses rêves et ses projets ? Ce nouveau questionnement le troubla, et il se promit d'y réfléchir. Il venait à peine de passer sa commande et dépliait son journal lorsqu'une panne d'électricité générale éteignit le quartier. Il se remit à tomber des cordes.

C

Des adolescents galvanisés par le déluge s'égaillèrent le long de la Côte-au-Sirop. Dans sa course, l'un d'entre eux trébucha contre une clôture basse en fer forgé et fit un plongeon sur la pelouse transformée en lac de la Pension St-Rock. Comme il n'était pas du coin, l'énorme maison penchée à tribord et craquant de toutes parts, révélée à la faveur d'un éclair, lui fit l'effet d'un vaisseau fantôme chevauchant la vague, tous feux éteints. Un violent coup de tonnerre le remit sur ses pieds. Pataugeant et glissant, hurlant à ses copains de l'attendre, il crut apercevoir, à une mansarde sous le toit, une silhouette fantomatique, chevelue et sans visage, qui l'observait. Il prit ses jambes à son cou. La pluie diminua, puis redoubla d'intensité.

C

Perchée au dernier étage de la Pension St-Rock, la chambre de Sarah Demers ressemblait à un aquarium faiblement éclairé de l'intérieur. Les sons n'y pénétraient qu'à pas feutrés. Le store était relevé, la fenêtre drapée d'un rideau liquide presque opaque. Une serviette étalée par terre épongeait les fuites. Une vadrouille appuyée au cadrage inclinait sa tignasse contre la vitre, comme absorbée par le spectacle du dehors.

En face, contre le mur du fond, se détachait la masse sombre du lit double à tête de cuivre. Une lampe de lecture, alimentée par une pile, répandait son halo sur les mains de Sarah et la page 138 du roman qu'elle oubliait de lire. Tendue de tout son être, elle attendait. Toute la journée elle avait attendu, sans sortir de sa chambre, presque sans respirer, qu'un miracle se produise. Deux petits coups à sa porte et sa mère apparaîtrait, souriante, énergique, critiquant son désordre, mais lui proposant du même souffle des crêpes flambées pour son souper. Elles loueraient un film, le regarderaient en pyjama et s'inventeraient des coiffures. L'air embaumerait le sucre cuit et le *pop-corn,* la laque à cheveux, et ce quelque chose d'indéfinissable qui est l'odeur rassurante de la vie ordinaire.

Cette vie-là n'existait plus pour elle, Sarah en était consciente et prête aujourd'hui à l'admettre enfin. Il le fallait, question de survie. Un an depuis la disparition de sa mère, douze mois dépeuplés d'un seul coup. Douze longs mois dépeuplés de tout.

Sarah éteignit la lampe, ferma son livre et se lova dans sa vieille doudou. Cet anniversaire, le premier d'une longue série à venir, lui *foutait la trouille* par anticipation.

Pour empêcher ses émotions d'exploser et de la réduire en miettes, Sarah utilisait dans son monologue intérieur un langage corsé, à la limite vulgaire. Elle en usa largement, se traita de tous les noms et reprit peu à peu son calme. Violence verbale muselée, mais efficace, qu'elle soulignait en italique et au néon fluo. Extérieurement, devant les autres, c'était *poker face.* Pourtant elle n'en menait pas large, se laissait sans réagir bousculer à l'école et balloter par les événements. C'était trop épuisant, il fallait en finir. Sarah était loin de penser au suicide. Au contraire, elle aspirait à vivre! Elle ferait tout pour ça, mais une chose à la fois.

L'Anniversaire fatidique pouvait lui servir de tremplin. Cette image lui était venue à son réveil, et son esprit la tournait en tous sens pour mieux l'examiner. Plonger vers une vie toute neuve, une vie bien à soi, se propulser vers son destin en visant le sommet du monde! Elle s'extirpa de sa doudou.

Ce jour de deuil marquait pour elle une frontière nette entre hier et demain, creusait une large faille entre *autrefois* et *désormais*, deux mots bien innocents et très politiquement corrects, ceux-là, mais qui se battaient entre eux comme des matous de ruelle pour une chatte en chaleur. Eh bien, elle venait d'arbitrer le match et d'élire son vainqueur.

Désormais, elle s'efforcerait d'aller de l'avant, et c'est exactement ce qu'elle comptait faire en posant un geste symbolique avant la fin de cette journée. En attendant, elle mourait de faim.

Le plafonnier clignota, le courant était rétabli. La panne électrique n'avait aucunement dérangé Sarah, elle n'était que l'extension de ses sombres pensées. À présent qu'elle voyait plus clair en elle-même, la lumière revenait la surprendre, comme pour la remettre au monde. Elle se mit sur le ventre et allongea la main. Sur la carpette gisait une boîte de céréales sucrées en forme de O, mais il n'en restait qu'une poignée au fond.

Manger devint alors pour elle une idée fixe, une priorité absolue. Un léger mal de tête, trop familier, s'éveillait derrière son oreille droite, s'étirait vers sa tempe. Se frottant le crâne à deux mains, elle quitta son lit avec des précautions de convalescente, les jambes lourdes et au bord du vertige. La longue chemise qu'elle portait sur un leggin noir tirebouchonnait dans son dos. Elle la défroissa du plat de la main, et ce simple mouvement rotatoire lui donna le tournis. Une vague nausée la submergea. Les murs de la chambre paraissaient faits de la même matière cartonneuse que les parois de son estomac.

Avisant un emballage de biscuits secs sur la commode, Sarah eut une réaction de naufragée à la vue d'une île. Retraversant le lit sur ses genoux, elle étira le bras et s'empara du sac qu'elle vida sur place, les yeux rivés à la fenêtre. Pourquoi se sentait-elle aussi malade? Ce mystère-là faisait partie du *désormais*, il lui appartenait de le résoudre. Mais comment?

Un nombre incalculable de choses obsédaient Sarah, la pire de toutes étant la crainte insidieuse de perdre en public la maîtrise de son corps. Être saisie de tremblements, par exemple, ou devenir cramoisie sous l'effet d'une bouffée de chaleur, ou encore voir sa concentration fuguer au beau milieu d'un examen. Le seul médecin qu'elle avait eu le courage de consulter l'avait référée à un psychologue, estimant que son deuil récent était le grand responsable de ce trop-plein de malaises. N'aurait-il pas dû lui faire subir quelques tests cliniques avant de poser ce diagnostic hâtif?

«Je ne suis pas *maboule*! se dit-elle une fois de plus pour tenter de se rassurer. Ce n'est pas mon esprit qui délire, c'est mon corps! C'est lui qui échappe à mon contrôle, et je vais tout faire pour le ramener à l'ordre!»

Ayant fait un sort aux biscuits sans parvenir à se rassasier, Sarah s'approcha de la fenêtre. Il ne pleuvait plus. Elle délogea la vadrouille de son poste d'observation et s'en servit pour repousser la serviette gorgée d'eau. Au contact du plancher humide sous ses pieds nus, de la vitre contre son front brûlant, elle fut secouée de frissons. Elle se frotta énergiquement les bras, et ce semblant de chaleur lui fit monter les larmes aux yeux.

La rue, d'en haut, ressemblait à un lac noir. À la lueur falote des réverbères, les voitures circulaient au ralenti et des gerbes d'eau sale jaillissaient de leurs flancs. Les rares piétons rasaient les murs dans l'espoir d'éviter les éclaboussements. Un parapluie, malmené par la bourrasque, débovla la Côte-au-Sirop sans son propriétaire. Sarah s'intéressa à ses évolutions pendant un bon moment avant de le perdre de vue. Malgré les tremblements de son corps glacé, elle se détacha à regret de la fenêtre. Aucun spectacle n'avait le pouvoir de la distraire bien longtemps de ses tourments.

Sarah eut soudain très envie d'entendre la voix de son grand-père, son unique parent vivant au monde. Lui aussi, dans la solitude de sa maison des champs, devait remuer de douloureux souvenirs. Sarah connaissait ses habitudes et la moindre de ses manies. Elle l'imaginait à cette heure, rentrant une brassée de bûches de la remise à bois, trempé par l'averse et la moustache en berne. Cela la fit sourire. Elle l'aimait tant! Elle le voyait bourrer et allumer son poêle, sans même prendre le temps d'ôter ses bottes et son ciré. De fines rigoles suivaient sa piste jusqu'à l'évier muni d'une pompe, où il remplissait à ras bord une bouilloire cabossée qu'il appelait un canard. En chemin vers le poêle ronflant, un trop-plein de gouttelettes s'échappait par le bec verseur. La fonte rougie accueillait la bouilloire avec un grésillement sympathique. Bientôt, l'arôme du thé parfumerait la cuisine. Il le boirait seul, accoudé au bout de la table. Personne ne le gronderait gentiment d'avoir inondé le plancher. Il semait de l'eau, c'était sa façon à lui de pleurer.

Sarah ne l'appelait pas aussi souvent qu'elle l'aurait souhaité. Si seulement elle avait eu un cellulaire comme tant de jeunes de son âge! Elle ne serait plus forcée d'utiliser l'unique appareil de la pension, branché pour faire exprès dans le hall d'entrée, à la merci d'oreilles indiscrètes et de bruits ambiants. Pour se racheter, et comme elle ne disposait pas non plus d'un ordinateur personnel, elle avait pris l'habitude de poster à son grand-père de petits mots câlins, agrémentés de dessins humoristiques à la plume. Inutile de l'inquiéter avec ses angoisses et ses problèmes de santé. Le vieil homme adorait recevoir ses missives, il pouvait les relire autant de fois qu'il le désirait, les garder sur lui, tout près de son cœur, et se sentir ainsi plus proche de sa petite-fille. Ils n'avaient pas besoin d'étaler leur chagrin en public, ni d'en parler entre eux; il était là et on n'y pouvait rien.

Sarah tendit l'oreille. À en juger par son silence inhabituel, la pension était déserte. La plupart des pensionnaires, originaires d'autres quartiers, villes ou villages, regagnaient leurs foyers pour le week-

18

end. Sarah rendait rarement visite à son grand-père, car la dépense d'un aller-retour en autobus grevait son budget. Son vieux monsieur préféré lui manquait ; elle aurait souhaité passer plus de temps avec lui. Mais la peau lui retroussait chaque fois qu'elle remettait les pieds dans son patelin et, surtout, dans la petite maison remplie de souvenirs et d'eau, où le temps semblait s'être arrêté comme la vie de sa mère.

L'estomac de Sarah réclamait une nourriture plus substantielle. Elle enfila ses bottines et sortit de sa chambre.

2

Souper à la bougie

La rampe de chêne polie par la caresse de tant de mains était lisse et fraîche, et Sarah compta les marches comme à son habitude. Au bas de l'escalier, elle fit une pause. Orpheline de ses occupants, la maison était calme, mais c'était un calme bien relatif. La vieille victorienne ronchonnait, rouspétait, radotait du matin au soir et du soir au matin.

Malgré tous ses défauts, Sarah aimait bien cette maison, une ancienne résidence privée convertie depuis peu en pension pour étudiants. Tous les locataires, sauf elle qui terminait son secondaire à La Passerelle, fréquentaient le cégep voisin. En semaine, un va-et-vient continuel faisait vibrer les escaliers. Des portes claquaient, des morceaux de plâtre s'échappaient des plafonds, et le papier peint décollait par endroits. Les cloisons des chambres laissaient filtrer des musiques et des éclats de voix. Les planchers étaient de guingois, la structure émettait une variété de craquements, allant de la faible plainte au gémissement lugubre. Les jours de grand vent, la maison plus que centenaire gîtait comme une galère dans la tempête. Elle vibrait sans arrêt, même la nuit. Elle tenait compagnie à Sarah dans sa solitude et dans ses insomnies. Son souffle d'asthmatique s'exhalait par les plinthes et les fenêtres. Les portes et les boiseries lançaient des messages en morse. Périodiquement, le ronron monotone des lessiveuses montait du sous-sol et gagnait les étages. Bref, une maison sympathique, où chacun s'occupait de ses propres affaires.

Sarah se sentit assez forte pour appeler son grand-père et converser quelques minutes avec lui sans se transformer en torrent. Ils devisèrent de tout et de rien, évitant l'un et l'autre de mentionner l'anniversaire, mais chacun savait que l'autre y pensait.

Après avoir raccroché, Sarah fit le tour des pièces communautaires. Elles semblaient avoir été abandonnées en catastrophe. La salle de séjour meublée de fauteuils dépareillés était en désordre. Le téléviseur était allumé, sans le son. Sarah contempla un moment sans les voir les images muettes qui dansaient sur l'écran. Dans l'ancienne bibliothèque, convertie en salle d'étude, régnait une faible odeur de pomme pourrie. La longue table était jonchée de livres et de papiers. Les corbeilles débordaient. Une fenêtre mal ajustée laissait filtrer un chapelet de gouttelettes froides, et Sarah la referma avant de passer dans sa pièce préférée.

La salle de bal.

Les doubles portes étaient ouvertes. Elle fit une pause sur le seuil, encore impressionnée après tant de mois par la magnificence des lieux. L'immense salon était plongé dans la pénombre. Avec son lustre, ses hautes fenêtres à rideaux de velours, ses moulures tarabiscotées et son foyer, il avait dû être le théâtre de bien des réjouissances. En ignorant la poussière et les fissures du plâtre, on enjambait le temps pour plonger dans une autre époque. Sa faim oubliée, Sarah ferma les yeux et s'entoura d'une bulle de paix rose et chaude. Le grand lustre s'illumina dans son esprit et la pièce se remplit de musique.

Les bras arrondis près du corps comme si elle portait une encombrante toilette de bal, elle fit quelques tours sur elle-même et salua d'invisibles connaissances avant de glisser, gracieuse, vers la banquette nichée sous la fenêtre centrale. Elle savait exactement où poser le pied pour éviter de faire grincer les lattes du parquet. Elle allait s'asseoir en ajustant autour d'elle les plis de sa robe imaginaire, lorsqu'un toussotement poli la releva d'un bond.

— Salut!

Elle reconnut Louis Lecours, son voisin de palier. Grand, large d'épaules, cheveux roux hérissés en flammèches, un piercing au sourcil. Pas vraiment beau, mais attirant dans son genre. Guitariste amateur (elle l'entendait souvent jouer, et appréciait son style). Et pour l'instant, intrus.

— Salut, marmonna-t-elle, troublée d'avoir été surprise en flagrant délit de jeu.

Depuis quand était-il là à l'observer ? Il leva la main et dessina dans l'air une silhouette imprécise.

— Avec tes cheveux blonds, presque blancs, et ta chemise flottante, j'ai failli te prendre pour un fantôme.

— C'est un peu ça. Quand tout le monde est parti, je hante la salle de bal.

Il rit et elle croisa les bras. Comme il ne faisait pas mine de partir, elle se résigna à lui céder la place.

— Tu te prépares mentalement pour le tien ?

— Quel mien ? s'étonna-t-elle en passant rapidement devant lui pour sortir.

Il la suivit vers la cuisine, où elle espérait trouver de quoi dompter son estomac grondant et rugissant.

— Ton bal des finissants ! Tu es bien en cinquième secondaire ?

Haussant les épaules pour toute réponse, Sarah ouvrit un placard et prit un carton de nouilles sèches sur la tablette qui lui était attribuée. La boîte servait à la fois d'emballage et de bol. Une mesure d'eau bouillante, et la soupe serait prête. Ses provisions étaient presque épuisées. Une fois le loyer acquitté, son budget lui permettait à peine de manger à sa faim. La quasi-nudité de la tablette lui parut si indécente qu'elle en eut honte et ferma brusquement la porte. Clac.

Louis n'avait rien remarqué, rien entendu, la moitié du corps engagé dans l'un des deux réfrigérateurs communautaires. Sarah brancha la bouilloire. Elle était soulagée d'échapper à sa solitude, mais aussi très contrariée par cette tentative de conversation autour de *son* bal. Sujet tabou.

Louis trouva enfin ce qu'il cherchait, un contenant de plastique dont il enleva le couvercle pour flairer son contenu avec méfiance.

— Penses-tu que c'est encore mangeable? fit-il en lui mettant le plat sous le nez. Je l'ai préparé mercredi soir.

Sarah eut une grimace involontaire en apercevant le macaroni figé dans la sauce tomate. Elle associait le rouge au sang et à la violence.

— Euh… Ça devrait.

— C'est ça ou crever de faim, répliqua-t-il d'un ton léger.

La simplicité avec laquelle Louis avouait son manque de ressources plut à Sarah. Elle se détendit: ils ramaient dans le même bateau. Tous les étudiants, ici, étaient plus ou moins désargentés, ce qui ne semblait pas les affecter outre mesure.

Une incursion dans les armoires leur permit de compléter leur repas avec un reste de fromage et des biscottes ramollies par l'humidité. Ils mangèrent de bon appétit, chacun à son bout de la longue table de réfectoire. Ils se voyaient à peine, ce qui n'était pas pour déplaire à Sarah. La moitié des ampoules du plafonnier étaient grillées. Le mauvais éclairage plaquait des ombres dans les coins.

— Et puis, ton bal? reprit Louis entre deux bouchées. As-tu déjà repéré la robe de tes rêves?

Drôle d'intérêt de la part d'un garçon! Et cette insistance… Dans son for intérieur, Sarah leva les yeux au ciel, mais devant lui elle les baissa. Rideau, on ferme. De quoi se mêlait-il, celui-là? De quel droit mentionnait-il LA ROBE? Elle le gratifia *in petto* de quelques noms désobligeants, en italique et au néon fluo.

Devant cette réticence muette, Louis abandonna le sujet pour s'attaquer à un bout de pain rassis. Doté de trois sœurs, il en avait appris un bout sur l'importance des bals, des coiffures et des robes, et pouvait discuter tendances comme pas un: quels bottillons font fureur cette saison, quel mascara coule, quel parfum convient mieux aux blondes qu'aux brunes. Et aussi, et surtout, ce qu'il ne faut jamais dire aux filles, sous aucun prétexte, et ce qu'elles ont réellement envie d'entendre. Il avait compris très tôt que l'attitude macho était à bannir à tout prix, mais quand même pas trop… Savant dosage. Il en connaissait assez long en somme pour ne pas s'étonner de la réaction de Sarah à ses questions bien innocentes à propos de son bal et de sa robe. Il lui sourit, mais elle ne le regardait pas. Décidément, cette rebelle lui plaisait beaucoup et piquait sa curiosité. Jamais avant ce soir ils ne s'étaient trouvés seuls, en tête-à-tête.

Le courant électrique, comme la conversation, tomba en panne après quelques soubresauts. Ils ne se voyaient plus, et Sarah fut tentée de filer à l'anglaise avant que leur vision ne s'accommode et ne les remette en présence l'un de l'autre. Lui et ses *maudites* questions! Il le faisait peut-être exprès de les lui poser. Pourquoi pas? Elle était le parfait bouc émissaire! Chèvre émissaire! Celle sur qui on tape volontiers, et toujours en plein sur le clou qui blesse.

— Il nous manque les chandelles pour la suite! observa Louis en allant remonter le store au-dessus de l'évier.

Un éclair illumina la pièce. Sarah, qui raclait les parois de son bol, leva la tête.

— Quelle suite?

Comme surgi de nulle part, un gâteau sous cellophane de la taille d'une soucoupe apparut devant elle. Un alléchant May West. Inconsciente de son geste, Sarah se pourlécha les lèvres. Louis lui trouva un air de chat affamé.

— Il n'est pas bien gros, mais je l'ai acheté sans savoir que j'aurais le plaisir de le partager avec toi.

— Tu n'es pas obligé de me nourrir! rétorqua-t-elle.

Mais la pensée de cette pâte moelleuse et sucrée, fondant dans sa bouche, la faisait saliver. Elle avait besoin de se ressaisir, et vite, sinon Louis n'aurait droit qu'à des miettes… et encore!

— Si tu tiens aux chandelles, il y a un gros chandelier à six branches, en argent terni, dans le placard du deuxième étage. Les chandelles sont encore dedans, presque toutes fondues.

27

Louis éclata de rire, charmé par ce revirement.

— Je cherchais une vadrouille, crut bon de se défendre Sarah. Pour éponger le plancher sous ma fenêtre. Chaque fois qu'il pleut, c'est l'inondation dans ma chambre.

— Je reviens, surveille le gâteau.

C'était plus qu'une boutade : les murs abritaient une famille de souris, qu'on entendait gratter la nuit. Sarah n'avait pas l'intention de leur céder sa part de dessert. Elle se mit en quête d'allumettes. Dans un tiroir du gros buffet, elle dénicha deux napperons passablement froissés et les étala soigneusement à chacun des bouts de la longue table. Sa petite mise en scène lui parut d'un ridicule consommé. Louis revenait déjà, ses pas pressés résonnaient dans l'escalier. Sarah se hâta de disposer les napperons l'un en face de l'autre, de sorte qu'ils n'aient plus entre eux que la largeur de la table.

La pluie tambourinait les vitres comme pour quêter une invitation, et Sarah lui tira le store au nez. Elle avait l'impression de se trouver hors du monde, hors du temps, dans une nouvelle bulle où rien de mauvais ne pouvait l'atteindre.

3

L'anniversaire

Le dernier flocon de chocolat fondait délicieusement dans sa bouche. Les chandelles, réduites à presque rien, tenaient miraculeusement le coup. Sarah les contemplait en silence. La magie du moment allait-elle s'éteindre en même temps qu'elles? Louis remua sur sa chaise.

— On pourchasse une couple de fantômes avant que les bougies nous lâchent?

Sarah secoua la tête. Son angoisse l'avait reprise. La migraine lui battait les tempes, sa vue se brouillait.

— Non merci, sans façon.

Tacatacatac! Salve de mitraillette, c'était son style. Il affecta l'incrédulité.

— Comment? Un samedi soir, à…

Approchant son bras gauche de la flamme mourante, il consulta sa montre.

— Dix-neuf heures trente-quatre? Qu'est-ce qui t'attend de si urgent dans ta chambre?

Elle resta muette. Louis paraissait si déçu que Sarah faillit lui avouer ce qui l'attendait effectivement là-haut, cette chose qu'elle avait décidé d'accomplir aujourd'hui même, le jour de l'Anniversaire, et qu'elle ne pouvait remettre à plus tard. Pourtant, la perspective de s'enfermer dans sa chambre l'effrayait.

Ils remontèrent ensemble, en silence. Sarah avait insisté pour porter le lourd candélabre et s'arrêtait de temps à autre pour raffermir sa prise. Les portes de leurs chambres se faisaient face. Louis hésita une seconde devant la sienne.

— Tu es sûre que…?

Une porte claqua au rez-de-chaussée. Il y eut des éclats de rire et un bruit sourd, assaisonné d'un juron. Puis des heurts de vaisselle, le chuintement de la tuyauterie, tout un brouhaha.

— On n'est jamais longtemps tout seuls dans cette baraque! remarqua Louis en ouvrant sa porte.

Il lui fit un clin d'œil.

— Bonsoir, dit Sarah. Merci pour le gâteau.

— Si jamais tu t'ennuies…, frappe trois petits coups.

Il attendait, les yeux pleins d'espoir. Il y avait tant d'amitié dans son sourire que Sarah ressentit un élan de tout son corps vers lui. Pour la première fois en un an, elle éprouvait l'ardent désir de laisser tomber ses barricades et de nouer une vraie relation de confiance avec quelqu'un. Louis n'était pas une figure étrangère. Ils vivaient sous le même toit depuis des mois, échangeant des sourires, des bonjours, des phrases banales au hasard d'une rencontre dans l'escalier ou dans l'une ou l'autre des pièces communes. Ce soir, elle le voyait différemment. Ils avaient établi un vrai contact. Il n'avait pas reparlé du bal, ni de la robe. Raffermissant sa prise sur le chandelier, elle croisa mentalement les doigts.

Coulant un regard vers sa chambre ouverte, elle aperçut un bout de carpette tressée, des livres éparpillés, sa guitare sur le lit bien fait. La pièce lui apparut comme un havre de paix. Elle s'imagina assise au sol à côté de son voisin, à la lueur des bougies agonisantes, en train de lui parler de sa mère. Louis l'écouterait sans l'interrompre et sans chercher à la consoler, réchauffant ses mains glacées dans les siennes. Il devait se sentir seul, lui aussi, loin de sa famille, tirant le diable par la queue et jonglant avec son budget. Pour payer ses études, il bossait à temps partiel dans une quincaillerie et passait une grande partie de ses rares loisirs derrière un comptoir de peinture. Sarah comprit à quel point sa propre détresse l'avait rendue absente, presque inaccessible aux autres.

— J'ai passé un bon moment, affirma-t-elle en lui rendant son sourire. Un moment très spécial, tu ne peux pas savoir.

— Plus spécial que tu le penses. Le gâteau, les chandelles… Je veux dire… C'est mon anniversaire aujourd'hui.

Le courant revenait, comme pour narguer Sarah. Elle ne put réprimer un mouvement de recul. Des larmes de cire fondue coulèrent sur le parquet. Il ne pouvait pas lui faire ça! C'était *trop*! C'était un coup bas. Elle se voyait le pousser violemment dans sa chambre et refermer la porte sur lui, la verrouiller à double tour et jeter la clé. Ne plus le voir, oublier jusqu'à son existence…

Présenter ses vœux à un type dont l'anniversaire de naissance coïncidait avec celui de la mort de sa mère était au-dessus de ses forces. Sacrilège! Apprendre à connaître Louis, pousser plus loin la relation? Jamais dans cent ans! Chaque année, à pareille date, elle en larmes et lui en fête: l'enfer. Mort et vie, joie et peine, tout ça entremêlé. Trop de trop égale toujours trop.

— Ça va? s'inquiétait Louis en la délestant du lourd chandelier, qu'il rendait responsable de son vacillement.

Elle cherchait sa clé, se maudissant d'avoir pris la précaution bien inutile de verrouiller sa porte avant de descendre.

— Sarah?

— Fous le camp! cracha-t-elle.

Elle se mordit les lèvres et sentit une sueur froide inonder sa nuque. La clé joua enfin dans la serrure et la porte s'ouvrit. Elle la claqua violemment.

Sur les dix-huit chambres de la maison, six seulement disposaient d'une salle de bains privée. Jamais, avant, Sarah n'avait réalisé sa chance. Vomir son souper et rester à genoux devant la cuvette sans risquer d'être dérangée représentait en ce moment le comble du luxe.

L'eau froide eut un effet apaisant sur ses nerfs ; elle la laissa couler longtemps sur ses mains et ses poignets. Elle fit glisser le rideau de douche sur sa tringle et se pencha pour prendre le pot de confiture entouré de papier d'aluminium, où baignait la tige d'une rose bleue. C'étaient les moins chères de toutes, et elle n'avait pu en trouver d'autre. La fleur s'était épanouie depuis la veille.

Elle déposa le vase par terre, au centre de sa chambre. Ouvrant le tiroir de sa table de chevet, elle en sortit une bougie blanche qu'elle alluma et fixa dans une soucoupe. Ensuite, elle éteignit le plafonnier, baissa le store et alla prendre sur la commode la photo encadrée de sa mère. Elle effleura du doigt le visage souriant à travers la vitre glacée. Elle plaça le cadre entre le vase et la bougie. Le moment était venu, elle s'agenouilla.

Un an aujourd'hui, un an jour pour jour qu'un homme armé était entré en titubant dans le bar minable où travaillait sa mère. Trois coups de feu, deux pour elle et un pour lui. La belle Agnès servait des consommations aux ivrognes pour gagner sa vie. Ironie du sort… Elle y avait perdu la vie.

Un frisson secoua Sarah. Ses larmes, au bord des cils, refusaient de couler. Une immense lassitude l'envahissait… Et si le médecin avait eu en partie raison ? Ses nombreux malaises pouvaient fort bien découler du choc psychologique qu'elle avait subi. Mais le praticien faisait référence au chagrin normal qui accompagne le deuil, et Sarah savait bien que si quelque chose de non physique la rendait malade à ce point, c'était la haine qu'elle entretenait envers le meurtrier de sa mère. Cela, elle aurait eu trop honte de l'avouer à un étranger, et même à ses amies. Elle ne voulait pas qu'on l'incite à oublier ce monstre. Jamais elle ne cesserait de le haïr.

Agnès était décédée de mort violente, et seule la violence était restée vivante dans le cœur de sa fille. Par ricochet, ce soir, le pauvre Louis en était devenu la victime innocente. Giflé par une volée de mots échappés de sa bouche. Sarah n'aurait pas éprouvé plus de regret si elle l'avait physiquement frappé. Quoi qu'il arrive, elle s'en excuserait à la première occasion. La haine, ce lierre étouffant, ce serpent enroulé autour de son cœur, n'avait plus droit de cité dans sa vie.

C'était pardonner ou crever. Elle se recueillit une minute en silence, puis leva la tête.

— Bon. Je te pardonne, O.K.!

Mais la phrase sonnait faux. Sarah n'était pas satisfaite. Il fallait que tout soit vrai. Il le fallait!

— C'est fini, O.K.? haleta-t-elle. J'en peux plus, je te pardonne. Pas par bonté d'âme, O.K., mais parce que je t'haïs trop. C'est à moi que je fais du mal en t'haïssant, O.K.? Je ne te laisserai pas me tuer comme tu as tué ma mère. Tu gâcheras pas ma vie non plus. Envoye, *diguidinne*, fais de l'air, dégage, *fous le camp!*

Sarah resta prostrée pendant plusieurs minutes, attentive à ce qui se passait en elle et autour d'elle. Le plancher était froid sous ses genoux. La rose bleue courbait la tête et semblait participer à l'attente. Le tic-tac du réveil accompagnait le crépitement paisible de la pluie sur les vitres. Un souffle de vent s'insinua par la fenêtre mal ajustée, agitant le store. La flamme de la bougie vacilla et s'éteignit. Sarah ferma les yeux. Sentait-elle réellement une présence, ou n'était-ce que le fruit de son imagination? On aurait dit qu'un être immatériel rôdait dans la pièce. Il sembla hésiter, puis s'approcha d'elle, effleura doucement ses cheveux avant de s'évanouir. Le store cessa de battre contre la fenêtre.

Une onde de paix enveloppa Sarah. Elle ralluma la bougie, prit le cadre entre ses mains et le pressa contre sa poitrine. Peu à peu, les battements de son cœur réchauffèrent ses souvenirs et redonnèrent vie à l'image de sa mère.

. Le passé lui revint en brèves séquences: certains gestes d'Agnès, sa façon de rejeter la tête en arrière lorsqu'elle riait. Un bout de robe, une réminiscence de parfum. Et puis sa voix; les airs qu'elle fredonnait, les mots qu'elle prononçait. «Toi, Sarah, tu vas aller loin dans la vie. Tu sais ce que tu veux, même si tu manques encore de discipline personnelle. Moi, je n'ai jamais vraiment su ce que je désirais, sauf en ce qui te concerne. Je veux le meilleur pour toi. Je n'ai pas les moyens de te le donner, mais je te fais confiance pour aller le chercher.»

Sarah soupira et déposa le cadre. C'était ici, au Faubourg St-Rock, qu'elle était venue chercher un dérivatif à sa peine, un espoir de délivrance. Elle ne se sentait pas le courage de rester dans son patelin pour terminer son secondaire, de rencontrer chaque jour les gens de son village, de son école, de subir leur compassion, d'affronter leur curiosité malsaine ou naturelle, d'entendre leurs commentaires et de répondre à leurs questions. Elle avait honte d'être la fille d'une victime d'assassinat. Comme si l'horreur du geste avait rejailli sur elle pour la marquer d'une tache indélébile. Et son grand-père avait sans doute compris ce qu'elle ressentait, puisqu'il l'avait encouragée à partir alors qu'il n'avait plus qu'elle au monde.

« Tu vas aller loin… », lui répétait Agnès. Ces mots empreints de confiance représentaient le seul héritage de sa mère. Elle en fit un engagement solennel au portrait figé.

« Je prends soin de ton rêve, maman. Je vais aller loin, je te le promets. Aussi loin que j'en serai capable. Regarde-moi aller, maman. J'achève mon secondaire. Et j'ai choisi de devenir médecin, de soulager la misère humaine, d'être quelqu'un qui fait du bien et non du mal à ses semblables. Protège-moi, donne-moi du courage. C'est tellement dur, des fois… »

Trois petits coups frappés à sa porte la firent sursauter. Elle raidit ses muscles et retint sa respiration.

— Sarah… Sarah…, fit une voix étouffée. C'est moi, Louis.

— Va-t'en, souffla-t-elle entre ses dents, trop bas pour qu'il puisse l'entendre.

Mais elle comprit en les prononçant que ces mots-là, même murmurés sur un ton très doux, étaient désormais réservés au rejet. Elle résista encore quelques secondes, pour la forme.

— Sarah, dis-moi au moins si tu vas bien…, insista la voix. C'est tout ce que je veux : savoir si tu vas bien.

Elle ouvrit la porte. Il tenait toujours le candélabre, mais les chandelles étaient éteintes. Était-il resté planté là où elle l'avait si brusquement quitté une demi-heure plus tôt ? Cette pensée fit naître une ombre de sourire sur les lèvres de Sarah. Le regard de Louis glissait vers le centre de la chambre, effleurant le cadre, la bougie, la rose, la petite mise en scène, et revenait se poser sur elle.

— Excuse-moi, dit-il, confus.

— C'est moi qui te demande pardon, dit-elle fermement en s'effaçant pour le laisser entrer.

Elle cueillit la rose bleue dans son vase de fortune et la lui offrit.

— Bon anniversaire, Louis…

Sa voix tremblait. Il vint à elle et posa son front contre le sien.

Tandis qu'ils restaient là, immobiles, souffles mêlés, Sarah eut la certitude que le deuil de tous ses avrils à venir serait désormais étroitement lié à une naissance. La mort et la vie, la tristesse et la joie. Comme le vinaigre et l'huile dans un même contenant, qui se séparent d'eux-mêmes et qu'on peut mélanger.

Et lui, tournant la rose humide entre ses doigts, la déposait déjà en pensée entre les pages de son dictionnaire.

4

«Une souris grise...»

— Si c'est pas la souris grise! As-tu passé une belle fin de semaine dans ton trou pourri?

Des rires fusèrent. Décidément, Simone Cantin ne ratait pas une occasion d'humilier Sarah devant témoins. Malgré un sursaut de révolte intérieure, accompagné d'épithètes peu flatteuses en italique et au néon, Sarah garda la bouche close et suspendit son vieil imper au crochet de sa case. Elle ne travaillait pas à la cafétéria le lundi matin, ce qui lui permettait de se lever plus tard et d'arriver en meilleure forme à ses cours. Ce jour-là, le cœur tout palpitant d'émotions nouvelles, Sarah flottait dans sa bulle. Penser à Louis, à son sourire, à sa chaleur, lui donnait la force d'ignorer les quolibets.

Simone Cantin prenait plaisir à tourmenter ses semblables, à tester les limites de leur résistance.

Petite fille, elle avait dû exercer son pouvoir sur les insectes et les animaux. Mais les bestioles et les bêtes n'offrent pas un assez grand défi : elles meurent ou s'enfuient, tandis que les êtres humains usent de stratégie pour se protéger ou se défendre. Simone ne doutait pas de sa supériorité et trouvait une intense satisfaction dans la réaction violente de ses victimes. Un combat s'engageait alors, dont l'issue était prévisible. Elle était la plus forte, et plus d'une fille à La Passerelle avait subi les affres de sa méchanceté. Il suffisait qu'une tête ne lui revienne pas pour que Simone s'acharne à la démolir.

Sarah, cependant, la déroutait. Complètement inaccessible, cette fille. Déconnectée. Pas de page Facebook à polluer, rien à dénigrer ou à ridiculiser devant un million d'utilisateurs. Pas de cellulaire à bombarder de textos haineux. Pas d'inscription à l'annuaire, aucun numéro résidentiel connu où donner des coups de fil malveillants et faire livrer des pizzas à la chaîne. Pas d'ordi à inonder de pourriels. Rien, en somme, comme si Sarah Demers n'avait aucune existence en dehors de l'école. Elle devait pourtant avoir une faille !

La réserve de Sarah et son laconisme n'étaient pas dus à de la timidité comme on aurait pu le croire au premier abord. Même dans son groupe d'amis, dont Simone ne faisait pas partie, Sarah ne laissait échapper aucune allusion à sa vie privée et ne cherchait pas à plaire. Simone lançait donc ses flèches au hasard. Sarah ne bronchait pas devant ces attaques répétées. Elle n'y pensait même pas. Partager un casier avec Simone Cantin signifiait également supporter ses sarcasmes ; elle en avait pris son parti.

Simone était orgueilleuse. Être ignorée constituait pour elle la pire des humiliations. Par son détachement muet, Sarah la rendait invisible.

— Alors, souris, le chat t'a mangé la langue ?

Faire la sourde oreille n'était pas plus difficile que de chasser une mouche du revers de la main. Elle avait ri avec Louis, ils avaient passé leur dimanche à jouer aux échecs dans le grand salon en écoutant de la musique. Pour la première fois depuis des siècles, quelqu'un lui avait souhaité bonne nuit, beaux rêves, pas de puces, pas de punaises ! À cette évocation, un sourire effleura ses lèvres. Simone y vit une injure personnelle.

— Il y a une odeur dégueu dans mon casier, reprit-elle en jetant un regard entendu aux membres de sa clique personnelle.

— Ouais, ça pue la punaise de lit ! s'empressa d'approuver Valérie Dupont, qui ne semblait exister que pour servir de faire-valoir à Simone.

— Et on sait d'où ça vient…, renchérit une troisième en dévisageant Sarah de la tête aux pieds avec une insistance offensante.

Sarah sentit ses genoux fléchir. Elle s'habillait dans les friperies, et même après plusieurs lavages, ses vêtements lui semblaient garder dans leurs plis le parfum fade, caractéristique, de sous-sols d'église et de pauvreté. Méchanceté pure ou affreuse vérité ?

Le cœur brûlant de rage impuissante, Sarah contourna rapidement les casiers d'angle et se heurta de plein fouet à Mathieu Tousignant qui se pointait en sens inverse, capuchon rabattu sur les yeux, vêtements à tordre.

— Pressée à matin! plaisanta-t-il en se frottant l'épaule.

Par jeu, il oscillait de droite à gauche, l'empêchant de s'esquiver.

— Tasse-toi, je pue!

Sarah semblait si désemparée que Mathieu, lui entourant les épaules de son bras, lui renifla le cou à plusieurs reprises, à la manière brusque et maladroite d'un chiot.

— Arrête!

— Tu passes le test. Arrive.

Faisant fi de ses protestations, il la poussa vers la rangée où il partageait tant bien que mal un casier avec sa blonde, Patricia. Celle-ci n'arrivait jamais qu'en coup de vent et à la toute dernière minute. À force de patienter ensemble, Sarah et Mathieu avaient développé, sans effort, par une sorte d'affinité naturelle, une certaine intimité de langage. Une relation purement amicale, sans masques, sans chichis.

— Qui t'accuse de puer? demanda-t-il en se colletaillant avec le panneau métallique bosselé, tagué, griffé et constellé de taches de sa case, qui refusait de s'ouvrir une fois sur deux.

Sarah restait muette. Abandonnant la lutte, Mathieu se laissa glisser au sol et rabattit en arrière son capuchon. Sarah s'accroupit, un peu calmée, déjà prête à sourire et peut-être même… à rigoler! d'une autre de ses pitreries. Les néons, comme les

coins de sa bouche, clignotaient légèrement.
Mathieu avançait la main, tapotait sa bottine.

— C'est peut-être l'éclairage, mais je te trouve
verte.

Sarah lui donna une poussée.

— Merci, franchement, c'est fin! J'admire
Patricia de t'endurer.

— C'est vrai, insista-t-il en se remettant sur
pied. T'es belle, tu sens bon, mais t'es verte!

Sarah prit une longue inspiration avant de
bondir. D'un coup de poing solidement appliqué,
elle débloqua la porte récalcitrante; une foule de
babioles s'échappèrent du casier. Mathieu les
refoula du pied tout en soutenant son regard. Elle
le fusillait des yeux, exaspérée qu'il en soit venu au
même verdict que son miroir. Verte! Et puis quoi
encore?

De cette brève et silencieuse passe d'armes, une
étincelle jaillit entre eux. L'expression secrète d'une
amitié à cheval sur ses principes, mais pimentée
d'une bribe de sensualité. Désir ressenti, jamais
exprimé. Sarah fut la première à se détourner.

— Je suis pas belle et j'ai mal dormi, O.K.?

— O.K. pour l'insomnie, mais…

Une bourrasque de pluie et de larmes lui coupa
le souffle en même temps que la parole. Patricia,
dégoulinante de partout, se jetait contre sa poitrine
et sanglotait en tapant du pied. Fichus, ses nouveaux bottillons en daim bleu roi! Fichu, le
blouson emplâtré de boue qui lui donnait l'air
d'une tortue hystérique coincée dans sa carapace.

— Je me suis fait *splasher*! Une Toyota blanche rouillée, avec *un prof* dedans! Je l'ai reconnu, Chose, là, du premier cycle, aidez-moi donc, un petit frisé gris à lunettes avec un foulard jaune! Poupin, Poupard... En tout cas, fiez-vous à Pat, mon père est avocat, oh! qu'il va *payer* la facture, le petit monsieur!

Sarah fouillait dans son sac à dos, tendait à son amie une poignée de kleenex. Mathieu, hilare, cherchait à embrasser la furie, mais le baiser destiné à sa bouche atterrit près de son oreille.

— Donc bien nerveuse pour un petit incident! observa-t-il.

Patricia passait fébrilement les mouchoirs sur ses joues, dans ses cheveux. Elle les roula en boule et les lança en direction de Mathieu.

— Incident, *mon œil*! Il y a un esprit malveillant qui s'amuse à nos dépens! C'est dans l'air, je le sens. Surveillez vos arrières.

Le cœur de Sarah eut un raté. L'œil pétillant de malice, Mathieu faisait mine de se recroqueviller sur lui-même.

— Ouh, j'ai peur...

L'ignorant superbement, Pat chercha un écho plus sympathique du côté de Sarah.

— Tu le sais, *toi*, que c'est pas de la frime. La preuve: mon test d'anglais.

Patricia avait effectivement coulé un examen après l'avoir prédit et proclamé sur tous les tons. Ce qui ne prouvait rien, sinon qu'elle aurait eu tout intérêt à réviser sa matière au lieu de courir les boutiques. Elle ne pensait qu'à sa robe introuvable, et Mathieu en avait marre de l'entendre se plaindre de ses bourrelets. Il la trouvait très bien comme ça. Très, très bien, même.

Lui tapotant l'épaule avec condescendance, il gratifia Sarah d'un clin d'œil complice. « Ris tant que tu veux, le sermonna silencieusement Sarah, tu ne peux pas le nier : ta blonde a des antennes. *Pauvre cloche*, c'est moi l'esprit vengeur, je dégage des vibrations négatives qui perturbent la qualité de vie des autres. »

— O.K. À plus, dit-elle. J'ai un livre à remettre à Élo.

— À ta place, je ne me presserais pas, l'avertit Patricia. Elle n'est pas à prendre avec des pincettes, ces jours-ci.

— Qu'est-ce qu'elle a ?

— Tu l'aurais su de long en large si tu étais venue nous rejoindre aux Galeries. On a fait du camping dans ma chambre après. Élo nous a radoté ça jusqu'à trois heures du matin.

— J'ai rien manqué, d'abord.

Un sourire félin étira ses lèvres.

Ah ! Louis, Louis, Louis ! Regonflée à bloc, Sarah en oubliait Patricia qui trottait à ses côtés, le souffle court et alourdie par son blouson trempé, et Mathieu qui les suivait par-derrière comme un chien de poche.

« Et de un ! se surprit-elle à penser. Un prince charmant qui fait une fixation sur mon bal, je serais complètement nulle de louper ma chance. Problème : la robe. Maman je t'en supplie fais un miracle, je ne suis pas difficile… Oh ! et aussi des souliers, peut-être une fausse mèche ou une paire de gants, O.K., c'est tout. Non merde, c'est pas vrai, c'est pas tout, le billet d'entrée coûte un max. Oublie ça, c'est trop cher.»

Elle marchait tellement vite que Patricia la crut vexée.

— On va se reprendre pour le magasinage, c'est plus drôle à quatre, dit-elle en passant son bras autour de la taille de Sarah. Oh, t'es *trop* mince! Comment tu fais?

— C'est mon linge qui amincit, pas moi, l'été s'en vient, t'as pas remarqué?

Mathieu, derrière elles, applaudit bruyamment cette répartie avant qu'une timide mais agaçante sonnette d'alarme ne se déclenche dans sa tête. C'est vrai qu'elle semblait plus maigre, un peu émaciée… Patricia lui tira la langue et revint à ses moutons.

— T'auras pas de misère à trouver une robe sexy, chanceuse!

— Cesse de te dénigrer, O.K.? Tu fais un *fix* sur ton poids, exactement comme Élo en fait un sur… *tu sais quoi*.

— T'aurais dû l'entendre! Steph et moi on se regardait comme… «Wow, Élo est fêlée dans le coco.» Yannick va capoter.

Mathieu, qui aurait pu donner des cours à un bruiteur professionnel, simula avec un réalisme étonnant le crash d'une voiture. Il récolta quelques applaudissements.

Ils arrivaient à la cafétéria. Patricia prit un plateau sur une pile et lui jeta un regard noir.

— Pourquoi tu nous suis, t'as pas d'amis?

D'un haussement d'épaules, il renonça à résoudre l'énigme de l'idée fixe d'Élodie. Quant à être fêlée… Tout ce qu'il en savait, c'est qu'il n'aimait pas son genre et qu'elle le lui rendait bien. Attrapant un plateau, il se fraya un chemin jusqu'au comptoir de service. Contrairement à sa blonde, il ne se contentait pas d'un café noir en guise de petit-déjeuner et militait ardemment pour l'équilibre nutritionnel.

Pendant que Patricia soufflait sur son café, Sarah dévorait sa deuxième barre tendre de la journée. Elle les achetait en emballages de douze. Le bourdonnement ambiant, composé de heurts de vaisselle, de voix feutrées, de cris, de galopades et de sifflements, auxquels se greffait la note stridente du raclement des chaises, lui tombait sur les nerfs.

Mathieu était revenu se joindre à elles, n'ouvrant la bouche que pour savourer un muffin si dodu et si alléchant que Sarah en était presque hypnotisée.

— J'oubliais! dit Pat. Rendez-vous à midi au local 104 pour choisir nos bagues.

Sarah tombait des nues.

— Quelles bagues?

— Nos bagues de finissants, c't'affaire! On a le choix entre trois modèles, et il faut passer la commande aujourd'hui si on veut les recevoir à temps.

Sarah se retint de hurler. Cet objet de luxe ne faisait pas partie de sa liste! Elle se calma en admettant que la bague n'était pas obligatoire, qu'elle n'était même pas nécessaire à son bonheur.

— Non merci, vraiment pas.

«Et ce n'est pas parce que je suis pauvre, se félicita-t-elle *in petto*, mais parce que c'est mon choix.»

— Mais c'est important! insistait Patricia. Aussi important que le bal, la robe, le maquillage, la limousine, les fleurs, les photos, l'album des finissants, le…

Mathieu lui coupa la parole.

— Lâche-la donc! Elle n'en veut pas, de stupide bague, c'est son droit. Moi, je te le dis, c'est bien juste pour *te* faire plaisir que je flambe un «brun» durement gagné pour une stupide bague que je ne porterai jamais!

— Une *stupide* bague? s'indigna Pat.

— Stupide, inutile, cucul, choisis le mot!

Ils ne s'occupaient plus d'elle. Sarah en profita pour s'éclipser. Elle croisa Élodie sans Yannick et dut convenir, devant son air défait, que Patricia avait raison: ce n'était pas le moment de l'aborder. De toute évidence, le torchon brûlait entre elle et son amoureux. Sarah ne tenait pas à s'en mêler, elle en avait plein les bras avec ses propres problèmes.

Stéphanie, de loin, lui fit un signe amical. Elle était en plein conciliabule avec Nadia Larue-Meury, que Sarah connaissait de vue. Une fille avec une vie de rêve, des parents cool, une vraie maison, des fringues, tout ce que peut désirer une adolescente de leur âge. Une vraie princesse des temps modernes, mais qui ne se glorifiait jamais de sa chance. Une fille sympa, en somme. Stéphanie paraissait surexcitée, mais c'était son état normal. Sarah leur envoya la main et se hâta de sortir.

5

« New York, New York ! »

Stéphanie n'en croyait pas ses oreilles, et sa serviette de table, entre ses doigts fébriles, passait un rude quart d'heure.

— Tes parents t'ont rapporté une robe *de New York* ? Tu me niaises !

Nadia la taquinait souvent sans malice, pour le plaisir de la voir monter sur ses grands chevaux. Elles étaient très amies et se parlaient sans détours.

— Sérieux, tu les connais : ils l'ont vue dans un défilé et ils ont craqué.

— Un modèle *de New York !* Une *Lorenzo Lala* ! *Wow…*

Pâmoison. Bref évanouissement…

— Elle est comment, je veux la voir, si tu l'aimes pas je la prends c'est sûr, mais ça se peut pas que tu l'aimes pas, c'est une robe *de New York* !

Nadia se rembrunit.

— Une robe *impossible*, oui! Le top du top sur un mannequin, mais quand tu te la mets sur le dos, c'est l'enfer. Ça tire, ça pique, ça mord, ça pince, on dirait qu'elle veut t'expulser.

— Une robe hantée! gloussa Stéphanie. *Patricia, sors de ce corps!*

— Ma mère l'a essayée, elle s'est grattée au sang après.

— Ta mère est allergique au tissu, toi t'as juste l'air poche dedans.

— Charles dit que la robe attend son *match* et qu'elle va récidiver jusqu'à ce qu'elle ait enfin trouvé sa Parfaite Partenaire.

— C'est un prof! Il lit trop de poésie!

Le père de Nadia enseignait le français en troisième secondaire, Stéphanie avait été dans sa classe, et on les avait à l'époque injustement soupçonnés d'entretenir un flirt. Il avait fallu du temps à Steph pour s'en remettre, mais à aucun moment Nadia n'avait douté d'elle ou de son père.

La cloche sonnait déjà. Elles se levaient, ramassaient leurs affaires, se hâtaient vers leur local. Stéphanie restait silencieuse, la tête perdue dans de savants calculs. Combien, ô combien pour une robe *de New York*?

— N'empêche que je vais suivre la suggestion de papa, lui dit Nadia alors qu'elles entraient dans la classe. Je vais la donner, ma robe.

— Hein!?! À qui?

— À la gagnante du concours de Miss Parfaite Partenaire.

6

L'obsession d'Élodie

Élodie Constantin sortit de la cabine des toilettes après avoir jeté le résultat du test dans la poubelle réservée aux serviettes hygiéniques. Ses cheveux humides pendaient autour de son visage ; elle les ébouriffa rapidement sous le séchoir mural. Simone Cantin chantonnait devant le miroir en retouchant son maquillage. Élodie l'ignora et se donna quelques coups de brosse en évitant de contempler son reflet dans la glace. Malgré ses précautions, son regard finit par croiser celui de Simone.

— Tu aurais dû m'en parler ! chuchota celle-ci en souriant d'un air entendu. Je t'en aurais sorti une boîte ! Mais quand je t'ai aperçue à la caisse, il était trop tard, tu venais juste de payer ! La prochaine fois, viens me voir, je vais t'arranger ça. Je peux te fournir n'importe quoi, des fois *gratos*, la plupart du temps à moitié prix. Ça dépend de ce que tu veux.

Élodie ne répondit pas, contrariée que l'autre soit au courant de ses affaires intimes. La mère de Simone était pharmacienne. Sous prétexte de l'aider, sa fille ne se gênait pas pour puiser dans la marchandise chaque fois qu'elle en avait l'occasion. Elle avait réussi à se monter un petit commerce personnel très lucratif. Elle pouvait se permettre d'être généreuse pour les articles d'usage courant. C'était sa stratégie de marketing : attirer le client par des cadeaux. La vente de médicaments marchait très fort. Tout le monde ou à peu près connaissait l'entreprise illicite de Simone, mais personne n'en parlait. Ceux qui n'avaient pas recours à ses services n'auraient récolté que des misères à la dénoncer, les autres étaient trop heureux de l'aubaine.

Élodie sortit sans avoir prononcé un mot. Elle fulminait. Poussant la porte menant aux escaliers, elle descendit rapidement les marches jusqu'au palier suivant, croisant de nouveau Sarah sans la voir.

Yannick se détacha du mur contre lequel il était resté adossé en faisant mine de lire. Elle passa devant lui sans le gratifier d'un regard.

— Et puis ? questionna-t-il en lui emboîtant le pas.

Faisant volte-face, elle planta ses yeux dans les siens. Ils furent obligés de se pousser contre la rampe pour laisser passer quelques étudiants.

Élodie attendit que l'escalier soit désert avant d'ouvrir la bouche.

— C'est négatif.

Yannick poussa un long soupir et passa son bras sous celui d'Élodie. Elle se dégagea aussitôt.

— Ça te fait plaisir, on dirait!

Ses yeux brillaient de larmes contenues. Yan ouvrit la bouche, mais Élodie lui coupa la parole. Elle s'exprimait à voix très basse, ce qui accentuait l'effet de sa colère.

— Moi, j'ai le cœur à l'envers. Je me suis privée de dîner pour courir sous la pluie battante acheter un test à la pharmacie et, comme par exprès, la Cantin m'a vue. Aussi bien dire que toute la poly sera au courant avant la fin de l'après-midi! Je suis revenue ici en quatrième vitesse, j'ai passé le test dans les toilettes de l'école au lieu d'attendre de le faire ce soir tranquille à la maison. Pourquoi? Parce que le suspense te tuait. Tu es heureux, tant mieux! Pas moi!

Yannick consulta sa montre : encore une quinzaine de minutes avant la reprise des cours.

— Viens, on va en parler.

Il entraîna sa blonde à l'extérieur, où ils seraient plus tranquilles pour discuter de leurs affaires. L'avancée du toit leur permit de s'abriter de la pluie. Élodie frissonnait, mais refusa de se blottir contre son copain pour se réchauffer. Il plongea la main dans la poche de sa veste et lui tendit un sandwich recouvert de cellophane.

— Mange, sinon tu vas avoir mal à la tête tout l'après-midi.

— Je n'ai pas faim, répliqua-t-elle d'un ton boudeur.

—Élo… On a déjà parlé de tout ça, et de long en large. Il me semble que c'était clair, que tout était réglé : notre famille, on la commence seulement après nos études. Quand j'aurai ouvert mon cabinet.

Élodie déballait machinalement le sandwich, les yeux baissés. Elle fit une boulette de la pellicule plastique et visa une flaque d'eau.

— C'est trop long. Je veux un bébé, je le veux *maintenant* !

Yannick se raidit.

— C'est une idée fixe !

— C'est *mon* plan de carrière. J'ai bien le droit !

Elle lui tourna le dos et mordit dans son sandwich. Il lui semblait mastiquer du carton, mais elle se força à en avaler une bouchée. Une miette de pain tomba sur sa veste, Yannick la cueillit et la porta à sa bouche.

— Pourquoi brûler les étapes ? Suis ton cours en techniques de garde, commence par soigner les enfants des autres.

Élodie n'en démordait pas.

— Tout ça, c'est du temps perdu. J'ai réfléchi, je me sens prête, je te le jure.

Yannick la prit par les épaules.

— Pas moi ! Une famille, c'est une énorme responsabilité. Je veux offrir une bonne vie à mes enfants. Nos enfants.

— Qu'est-ce qui te fait croire qu'ils auraient une mauvaise vie? objecta Élodie. Un enfant a surtout besoin de l'amour de ses parents, et j'ai de l'amour à revendre. On s'aime, nous deux. En tout cas, je pensais qu'on s'aimait…

Yannick fronça les sourcils. Il n'avait pas envie de tomber dans ce piège émotif ni de rassurer Élodie sur des sentiments dont elle n'avait aucune raison de douter. Il préférait s'en tenir à la simple logique.

— Comment veux-tu qu'on vive à trois pendant que j'étudie? Où est-ce qu'on habiterait? Qui paierait le loyer, les couches, le lait?

— On se débrouillerait. Bien d'autres jeunes le font. J'en connais, et toi aussi.

Yannick hocha vigoureusement la tête.

— Pas nous. Je regrette, mais pas nous.

La porte s'ouvrit dans leur dos, c'était la Cantin avec son inséparable paquet de clopes.

— Puis, quand est-ce qu'on baptise? dit-elle en actionnant son briquet.

Élodie lui jeta un regard noir. Yannick l'entraîna plus loin avant que les choses ne tournent à l'aigre.

— Je veux être marraine! leur lança Simone en même temps qu'un anneau de fumée.

Ils la laissèrent s'étouffer avec sa cigarette et firent quelques pas dans le stationnement. Les nombreux nids-de-poule comblés par la pluie les obligeaient à avancer avec précaution. Un arbre anémique, protégé par un tuteur, leur procura un abri de fortune.

À quelques mètres de là, leur tournant le dos, Patricia gesticulait et pérorait près d'une Toyota blanche rouillée. Un petit homme calme, arborant un éclatant foulard jaune, l'écoutait les bras croisés en se balançant sur ses talons. Derrière lui, la Visvikis, noire comme un corbeau sous son parapluie, tentait vainement de placer un mot. Passablement intrigué par la scène, Yannick se laissa distraire. Élodie bourdonnait à ses côtés, il l'entendait à peine.

— Je sais trop bien ce qui va arriver, Yan, tu vas te lancer à fond de train dans tes études, dans ta carrière, tu vas gagner des tonnes d'argent, t'offrir une voiture, tout ce que tu veux et bye-bye nos beaux projets !

Yannick s'arracha au spectacle ahurissant d'une Patricia en train d'accepter un billet de banque de la main même du prof Poitras, sous l'œil à la fois vigilant et désapprobateur de la directrice adjointe.

— Tu as peur que je change d'idée. Tu ne me fais pas confiance !

— Oui ! Non… Je ne sais pas, balbutia-t-elle.

Simone Cantin les observait de loin, en tirant sur sa cigarette. Pour se donner une contenance, Élodie se rapprocha de Yan et posa sa tête sur son épaule. Il la repoussa doucement.

— Tu me connais mal. Si tu es incapable de me faire confiance pour une chose aussi primordiale que le bien-être de notre future famille, oublie-moi tout de suite, ça ne marchera jamais entre nous deux.

Il lui tourna le dos, mais sans s'éloigner. Trois pigeons s'affairaient autour d'un carton de frites détrempé. Élodie émietta le reste de son sandwich et le leur lança. Les oiseaux se ruèrent sur ce festin inattendu.

— Yan…

Il arrondit le dos et enfonça les mains dans ses poches. Cette histoire le rendait malade, il se reprochait sa négligence. Ils venaient de l'échapper belle. S'il avait fallu que le test… Élodie lui effleura l'épaule.

— Comprends-tu ce que je ressens ? Le comprends-tu au moins ?

Yannick poussa un soupir.

— Et toi, entends-tu ce que je m'évertue à te faire comprendre ?

La lassitude le gagnait. Toujours le même refrain, avec des mots d'espoir et des enjolivements pour faire patienter sa blonde comme on rassure un enfant inquiet la veille de Noël : mais oui, tu auras tes cadeaux ; mais non, le père Noël ne t'a pas oublié. Combien de fois, au cours des prochaines années, revivraient-ils cette scène ? Il n'était pas certain de pouvoir tenir le coup.

— Je ne suis pas sourde, Yannick Lavoie ! Ça ne m'empêche pas d'être déçue.

Elle se lova contre lui.

— J'aurais tellement voulu… que tu le sois aussi.

Yannick ignora cette perche. Il refusait de mentir pour la rassurer. C'est ce qu'elle attendait de lui en ce moment, un petit mensonge de consolation. Il ne tenait pas non plus à raviver sa colère en lui rappelant à quel point il se sentait soulagé.

Ils revinrent vers l'école en silence, main dans la main. Élodie se réjouit en constatant que Simone Cantin n'était plus en vue. Une question tourmentait Yannick : rien n'était réglé tant que la situation risquait de se reproduire, mais ce n'était pas le moment d'en débattre. La première cloche venait de sonner, et ils pressèrent le pas. Ils n'avaient pas le même horaire et se quittèrent sur un baiser rapide.

Élodie se hâta vers le local de maths, en espérant pouvoir emprunter une barre de chocolat ou un fruit pour apaiser les tiraillements de son estomac.

— J'ai des condoms ultra-résistants ! lui glissa Simone en la frôlant.

— Ton père aurait dû s'en servir ! répliqua Élodie sur le même ton.

Elle gagna sa place au fond de la classe et sourit à Sarah pour la première fois depuis le matin.

— J'ai faim, c'est effrayant ! Tu n'aurais pas quelque chose à bouffer ?

À son grand regret, Sarah n'avait rien d'autre qu'une pincée de céréales écrasées au fond de son sac. Il ne lui vint pas à l'esprit que Simone Cantin, qui l'observait en riant sous cape, avait trouvé son surnom de souris en la voyant grignoter sans arrêt pendant les cours.

7

« Miss Parfaite Partenaire »

Elles étaient toutes venues après l'école, alléchées par l'aubaine. Avant de pouvoir admirer la robe, il avait encore fallu attendre Sarah, qui expédiait en vitesse ses tâches à la cafétéria de l'école. Enfin, elle arrivait! Elles mirent leurs mains sur leurs yeux, et Nadia retira la housse.

Elles firent cercle autour du lit où s'étalait la capiteuse, la fabuleuse, l'indescriptible création new-yorkaise. Chacune en son for intérieur mourait d'envie d'être choisie par elle. Qui serait l'heureuse élue? Patricia, Stéphanie, Sarah ou Élodie?

« Une robe de bal *gratuite*, c'est trop beau maman, c'est *trop*, si tu la voyais, croise les doigts pour moi », priait silencieusement Sarah.

Patricia oscillait entre l'espoir et le désespoir. « C'est sûr qu'avec ce drapé-là, mes bourrelets seraient comme aplatis. Oui, mais, même si la Robe *adorait* mon corps, je sais d'avance que Matt la trouverait poche. »

Pensive devant le miroir, Élodie comparait discrètement ses mensurations à celles de Nadia tout en évaluant ses chances de remporter la robe. Elles avaient la même taille, la même silhouette élancée, le même poids à un kilo près, et la robe, n'est-ce pas, avait été achetée en fonction de ces mesures. « Pat est trop grosse, Steph, trop petite et Sarah, trop blonde, décida-t-elle. Cette robe-là est faite pour moi. »

Stéphanie n'osait même pas penser. Elle qui, d'habitude, ne tenait pas en place respirait à peine, muette de saisissement. Quel divin déguisement pour aller au bal ! Elle adorait se costumer, se glisser dans la peau de divers personnages et jouer à faire « comme si »…

Son nom sortit le premier. À elle d'amadouer la robe ! Nadia, qui avait dressé un paravent dans un coin de sa chambre, lui servit d'habilleuse. Suspense… Son apparition déclencha un fou rire général et soulagea les autres concurrentes d'un grand poids. Une d'éliminée. Comme Steph le reconnut elle-même, elle ressemblait à un épouvantail à moineaux dans un champ de citrouilles !

Au tour d'Élodie, convaincue d'avance de son avantage et très convaincante aussi à en juger par le regard découragé de ses rivales, jusqu'à ce que l'étiquette de la robe impossible lui pique cruellement la nuque en y imprimant une vilaine boursouflure de la taille d'un dollar.

— C'est un détail, je vais la couper! jubila-t-elle en se grattant le cou.

Pour Nadia, il n'en était pas question, et toutes s'empressèrent de l'approuver. Retirer l'étiquette de la robe de *New York* serait un sacrilège et une grave erreur, car sa marque prestigieuse conférait une valeur inestimable à cette création exclusive. Sans elle, la robe n'était qu'un bout de chiffon, rendu banal par son anonymat. Élodie quitta les lieux en claquant la porte.

Nadia dut raisonner et cajoler Pat avant qu'elle ne consente à se prêter à l'essayage. Elle redoutait le pire, faire craquer les coutures par exemple, ou rester bloquée à mi-chemin, la honte… À sa grande surprise et à son ravissement, elle n'eut aucun mal à entrer dans la robe, et la glissière remonta sans flancher. Mais la belle new-yorkaise, loin de l'avantager, soulignait ses formes d'une façon si grotesque et caricaturale que ses amies en furent gênées pour elle.

— Je suis énorme! sanglota-t-elle en se ruant derrière le paravent. Ne venez pas me dire le contraire!

La robe *de New York* détestait Sarah. Dès qu'elle l'eut enfilée, elle la sentit se cabrer, ses nombreux pans hérissés par la statique, crachant des étincelles à chaque pas et lui plantant par tout le corps d'invisibles aiguilles. «Oh maman, maman, pourquoi tu me joues ce tour-là?»

— Elle est impossible, je vous l'avais bien dit! triompha Nadia.

Elle dissimulait sa déception de n'avoir pu en faire profiter ses amies, et n'était pas loin de croire que la robe était réellement dotée d'une personnalité hargneuse, à la limite du maléfique. Patricia, elle, en était convaincue. Avant de partir, elle entraîna son amie à l'écart et la conjura de se débarrasser illico de cette empêcheuse de tourner en rond.

8

« Joue rôtie,
joue bouillie… »

Jeudi… enfin !

« Je deviens comme les autres, songeait Sarah avec délices, en attendant son tour de passer devant le photographe. Il n'y a pas si longtemps – avant Louis –, je trouvais les week-ends interminables et les semaines trop courtes. Maintenant, c'est le contraire. »

Le grand gymnase était en effervescence en cette journée de séance de photos pour l'album des finissants. Chacun souhaitait faire ressortir ses meilleurs atouts. On essayait des sourires et des poses dans les miroirs passés de main en main. On se coiffait avec frénésie. Certaines filles préféraient rester naturelles. D'autres, qui ne s'étaient jamais maquillées de leur vie, se peignaient avec ferveur un nouveau visage, plus conforme à leur idée d'une prochaine entrée dans le monde adulte. Et ce serait de ce visage vieilli, fixé sur pellicule, qu'elles se souviendraient vingt ans plus tard comme étant le leur au moment de la graduation. «Je n'ai pas changé», diraient-elles, et elles auraient raison. Les garçons, tout aussi soucieux d'être à leur avantage, plaisantaient en revêtant leur toge. Sarah appréciait ce vêtement qui lui permettait de se fondre dans le groupe et d'en devenir solidaire. Elle n'était plus l'étrangère dont personne ne connaissait l'histoire sordide, mais une finissante du secondaire au même titre que les autres. Cette pensée réconfortante mit du rouge à ses pommettes et accentua la fossette de son sourire.

Elle imaginait la fierté de son vieux monsieur lorsqu'il recevrait par la poste la photo tant attendue. Il la montrerait aux gens du village, à l'épicier, au curé, et même au facteur, avant de la placer bien en évidence sur son bureau à côté des portraits de sa fille décédée.

Le temps filait, amenuisant jour après jour l'espoir déjà bien mince de Sarah de dénicher une robe convenable dans les limites de son budget. Mais elle tenait mordicus à se faire photographier. Elle se serait privée de manger plutôt que d'enlever à son grand-père une des rares joies qu'il lui restait dans l'existence. Les personnes âgées aiment s'entourer de souvenirs et de photographies.

Par association d'idées, Sarah eut une pensée pour Madame Mary-Jane, une belle dame de quatre-vingt-dix ans qu'elle aurait le plaisir de voir le soir même. Il s'agissait de la mère de Pop, le propriétaire d'un snack-bar très fréquenté par les jeunes. La nouvelle épouse du restaurateur, Louise, participait au service des clients en soirée. Étant donné le grand âge de sa belle-mère, elle redoutait de la laisser seule dans l'appartement du dessus, en proie aux espiègleries de son fils de quatre ans. L'enfant était fasciné par la vie nocturne du snack-bar. Il considérait son nouveau papa comme une sorte de héros et, en digne fils de héros, rêvait de piloter la machine à *milk-shakes* garnie de manettes et de boutons compliqués, que Pop maniait avec tant de dextérité. Déjouant la vigilance de sa gardienne, il se faufilait dans la salle par l'escalier intérieur. Depuis que Mary-Jane s'était tordu la cheville en tentant de le retenir, les parents du jeune aventurier employaient deux étudiantes qui, à tour de rôle, tenaient compagnie à l'aïeule tout en veillant sur le sommeil agité du petit Samuel. Ce n'était pas un travail à proprement parler, mais ce revenu supplémentaire permettait à Sarah de boucler ses fins de mois. Elle était de garde les mardis et les jeudis, et un dimanche sur deux.

Un cri exaspéré la tira de ses réflexions. Revêtue d'une toge blanche, les cheveux en bataille, Élodie Constantin s'agitait sur un tabouret dans la section réservée aux retouches de dernière minute. Elle tenait à bout de bras un minuscule miroir de poche, qui ne reflétait que son amertume.

— Oh, ça ne sert à rien, j'ai la tête comme une botte de foin !

— Si tu arrêtais de te tortiller, aussi! répondit Patricia, les pinces tiendraient peut-être!

— Mets-en plus! Toute la boîte s'il le faut!

Une sourde excitation envahissait le gymnase. Les flashes crépitaient. Une file se déplaçait en bourdonnant vers le centre d'opération des photographes, où deux grandes toiles de fond étaient tendues, l'une représentant un ciel nuageux et l'autre, une sorte de treillis recouvert de feuillage.

Stéphanie Girard vint se camper devant sa cousine, l'air sceptique.

— Cette idée de te faire faire un chignon! Ton chapeau de graduation va le cacher!

Elle enfonça le sien n'importe comment sur sa tête, souffla sur le gland qui lui retombait devant les yeux.

— On le laisse pendre de quel côté, déjà? En avant, en arrière, à gauche, à droite?

— Au milieu du front! trancha Mathieu, qui se pointait dans une toge noire beaucoup trop courte. Mais t'as pas le cœur…

Stéphanie, fouettée par le défi, jubilait, se frottait les mains, prenait les autres à témoin.

— Je vais le faire, je vous jure que je vais le faire! Le pompon devant les yeux, et au dernier moment je le souffle en l'air… pffft!

Aucune des personnes présentes ne réagit. Toutes regardaient Mathieu qui regardait Patricia le fixer la bouche ouverte et l'air effaré, une mèche des cheveux d'Élodie tordue entre les doigts

— Bon, soupira Matt. Qu'est-ce qui se passe, encore?

Cet «encore» lourd de reproches jeta un froid sur le petit groupe. Le pompon de Stéphanie retomba mollement de son vol plané, mais personne ne rit.

— Ta toge est *noire*! dit Patricia en tortillant nerveusement la mèche.

— Qu'est-ce que t'as contre le noir?

— Je te verrais mieux en rouge! gloussa Stéphanie. Pour aller avec ton gros nez.

Sa boutade tomba dans le vide.

— Tu devais en prendre une *bleue*! gémit Patricia. Comme la mienne!

Mathieu leva les yeux au ciel.

— Ah bon, c'est un concept! On fait des photos de couple! Toi et moi, main dans la main, le regard vers un ciel aussi bleu que notre stupide toge…

— Un vrai poète! ironisa Stéphanie. Mais l'adjectif *stupide* est de trop.

Patricia partageait parfaitement ce point de vue. *Stupide* bague et, à présent, *stupide* toge! Sarah sentit sa détresse et lui pressa doucement l'épaule. Élodie, oubliant de rester immobile, ajouta son grain de sel:

— Oh, cesse d'en faire tout un plat, Mathieu Tousignant! Yannick, lui…

— Peuh! Ton Yannick fait tout ce que tu veux!

— Pas vrai, ça! répliqua vivement Élodie en se rappelant ses discussions avec Yan au sujet de leur éventuelle progéniture. *Si tu savais…* Ayoye, Pat, tu m'arraches les cheveux!

Cette diversion tombait à point, Élodie avait failli en dire trop. Elle n'aimait pas Mathieu et le supportait uniquement à cause de Patricia. Mais celui-ci, qui voyait sa blonde gonfler les joues comme une grenouille prête à éclater, n'était pas près de lâcher le morceau. Tactique de survie : faire dévier l'attention pour dénouer la tension.

— Si je savais quoi, au juste ? insista-t-il, l'œil allumé.

— Oh, laisse faire ! cria Élodie en lançant son miroir à Steph, qui l'attrapa de justesse.

Le chignon s'écroulait. Patricia saisit ce prétexte pour envoyer valser la brosse et libérer ses larmes.

— Ah, moi, je démissionne ! lança-t-elle en s'enfuyant, et toutes comprirent qu'elle faisait allusion à l'entêtement de Mathieu.

Il haussa les épaules et tenta de blaguer.

— Au moins, son humeur s'accorde avec ma toge ! Noire…, vous pigez ?

Chassé par le silence glacial qui accueillait sa remarque, il tourna les talons. Sarah avait pris machinalement la relève de Patricia, torsadant les mèches de cheveux et les épinglant avec des gestes sûrs. Élodie se laissait coiffer sans bouger, perdue dans ses pensées.

Stéphanie supportait mal le silence.

— J'aime encore mieux rester célibataire ! conclut-elle sur une pirouette. C'est moins de problèmes. Hein, Sarah ?

Sarah hocha la tête en souriant. Elle brûlait de révéler à ses amies l'existence de Louis, mais détenir un tel secret, le garder jalousement pour elle et le caresser en silence, lui paraissait encore plus excitant que de le partager. Un jour, elle le ferait. Sans doute. Mais le doute, déjà, naissait dans son esprit, la peur superstitieuse de le perdre si elle parlait trop tôt, trop passionnément de lui.

— C'est réparé, dit-elle.

— Wow! s'émerveilla Stéphanie. Où est-ce que tu as appris à faire ça? C'est du travail professionnel!

Élodie lui arracha le miroir des mains et, après quelques contorsions, joignit ses exclamations aux siennes.

— Sarah, c'est décidé, tu nous coiffes toutes pour le bal!

Sarah eut une bouffée de panique. Sueurs froides et mains moites. Sa mère lui avait enseigné ces gestes qui lui étaient revenus spontanément pour son amie, mais avoir su qu'ils la piégeraient ainsi, elle ne se serait jamais portée volontaire.

L'apparition de la directrice adjointe, munie d'un bloc et d'un stylo qui lui servait à griffonner Dieu sait quelles mystérieuses notes, coupa court à la conversation. Madame Visvikis, surnommée Vis-qui-visse, les rappelait à l'ordre.

— Pressons! Nous n'avons pas toute la journée! Perdre votre temps et faire perdre celui des autres ne vous rendra pas plus photogéniques.

— Vieille bique…, marmonna Stéphanie entre ses dents.

La Visvikis se retourna, une main en cornet derrière l'oreille.

— Pardon?

À en juger par son sourire, elle avait parfaitement entendu et se délectait de la situation. Mais la coupable n'eut même pas un sourcillement.

— Je cherche mon Bic! Mon vieux stylo Bic. C'est un souvenir de ma grand-mère.

— Eh bien, dis à ta grand-mère que je l'attends à mon bureau après la séance de photos! répliqua sèchement la directrice adjointe.

Avant de s'éloigner, elle prit le temps de rectifier la position du mortier sur la tête de Stéphanie. Vu de loin et par un étranger, son geste aurait pu paraître bienveillant, voire maternel. Mais de près, la froideur du regard démentait ces qualités.

— On peut dire tout ce qu'on veut d'elle, mais elle ne manque pas d'humour, observa Élodie en pouffant.

Légèrement refroidie par la perspective de ce qui l'attendait, Stéphanie haussa les épaules.

— Attends! Tu ne la trouveras pas si drôle au bal!

— Pas à *notre* bal de finissants, quand même? protesta sa cousine en lui prenant le bras pour l'entraîner vers la file d'attente déjà très éclaircie.

— Il paraît qu'elle va faire son tour chaque année, histoire de surveiller qui boit quoi, qui frenche qui…

— Tu me fais marcher!

La suite de la conversation se perdit dans le brouhaha. Sarah se retrouva seule et soulagée de l'être. Un tremblement familier, qu'elle ne parvenait pas à s'expliquer, commençait à agiter ses mains et lui faisait des jambes en coton. Prise d'étourdissement, elle s'accorda un instant de repos sur un banc. Une inquiétude la gagnait tandis qu'elle repassait dans sa tête les événements de la journée. Rien ne clochait, pourtant. Les petites querelles de ses amis n'avaient pu l'atteindre au point de la rendre malade! Elle ferma les yeux et ralentit sa respiration en se répétant que tout allait bien et qu'elle n'avait aucune raison de se sentir aussi mal. Mais les battements de son cœur s'accentuèrent, elle les entendait marteler ses oreilles.

— Pauvre petite souris, elle est toute blanche…, fit une voix faussement soucieuse et reconnaissable entre toutes.

Sarah ouvrit les yeux, accablée. Simone Cantin se tenait devant elle, impeccable dans une toge immaculée, le chapeau crânement incliné dans un angle parfait.

— Je te trouve un peu pâlotte, poursuivit-elle en fronçant les sourcils. Tu vas être tellement moche en photo…

Sarah aurait voulu fuir, mais ses jambes étaient maintenant de plomb. Affolée, elle referma les yeux et compta jusqu'à dix…

— Je te prêterais bien mon fard à joues, reprit Simone, mais c'est une teinte de brune et toi, tu es genre blonde. Blondasse, même. Limite albinos.

Le peu d'énergie qui restait à Sarah s'arc-boutait vers un seul but : se rendre de toute urgence aux toilettes et s'asperger le visage d'eau froide avant de se présenter devant le photographe. Si elle ne se hâtait pas, elle serait la dernière. L'idée d'une confrontation déplaisante avec la directrice adjointe lui insuffla assez de vigueur pour s'arracher au banc. Simone, se croyant responsable du malaise de Sarah, se réjouissait de la sentir aussi vulnérable.

— Attends, je connais un bon truc pour te donner du teint, dit-elle en levant les bras. Tu te pinces les joues, comme ça…

La douleur cuisante agit comme un coup de fouet, un de trop, celui qui fait si mal que seule une autre violence, encore plus grande, peut réussir à l'anesthésier. Sarah repoussa brutalement Simone, les yeux voilés par une brume rouge.

— Si tu poses encore une fois tes *sales pattes* sur moi, *je te tue*!

Elle le pensait vraiment, elle aurait voulu le faire, là, sur-le-champ, pour anéantir sa rage.

Et cette rafale inattendue de haine englobait tout : la vie trop dure, le deuil, la peine, la souffrance, la honte, l'insomnie, la pauvreté, la faim, l'inquiétude, la peur, la révolte. Simone pouvait être satisfaite, Simone pouvait lâcher son rire victorieux et se frotter les mains d'anticipation. Elle avait eu ce qu'elle cherchait : une déclaration de guerre. Mais Sarah se voyait maintenant aux prises avec l'horreur de sa propre violence. Elle se sentait marquée.

Dans le miroir de la salle des toilettes où elle s'était réfugiée, elle vit les marbrures rouges sur son visage et se conjura, puis se jura solennellement de changer d'attitude. Maintenant ou jamais. C'était à *elle*, Sarah Demers, de le faire. Parce que l'autre, de toute évidence, ne changerait pas et finirait par l'avoir à l'usure. Ce n'était pas sa tortionnaire qu'il lui fallait à tout prix éliminer, comprit-elle, mais cette image de victime, fille de victime, qui lui collait à la peau et lui attirait les pires ennuis.

Elle fut la dernière à passer, et sourit bravement pour le photographe. Les joues roses et les yeux brillants, elle redressa les épaules et releva le menton. «Regarde-moi bien aller, maman!»

9

« Trois fois passera… »

Avec son peignoir de velours bourgogne et ses cheveux blancs coiffés en petites boucles bien nettes, Madame Mary-Jane ressemblait à une poupée d'autrefois posée sur un divan. La finesse de ses traits lui conférait un faux air de fragilité. Dès qu'on l'approchait, cette impression de faiblesse s'évanouissait complètement. Il émanait d'elle une étonnante vigueur, elle scrutait le monde avec un regard pénétrant et pouvait soutenir n'importe quelle discussion sur les arts, la politique, la mode. Certains étudiants la trouvaient beaucoup plus moderne que leurs parents, plus ouverte d'esprit. À ces compliments, elle répliquait toujours en riant que l'âge adulte est le plus ingrat de la vie et qu'elle était contente d'y avoir enfin échappé. « Je suis comme une enfant, disait-elle. On s'occupe de moi, je n'ai aucune responsabilité, rien d'autre à faire que d'apprendre et de m'amuser. »

Sarah achevait de lui envelopper les épaules d'un châle de lainage. La pièce double, qui servait à la fois de chambre et de boudoir à la mère de Pop, était pourtant surchauffée. Des plantes tropicales s'épanouissaient sur le rebord de la fenêtre. Sarah n'en avait jamais vu d'aussi belles. La vieille dame prétendait les maintenir en forme en leur faisant dix minutes de lecture à voix haute chaque jour.

— C'est bien, comme ça ? Vous avez assez chaud ?

— *Wonderful!* Viens t'asseoir, fit Mary-Jane en tapotant le coussin du divan.

Sarah commença par aller s'assurer que le petit Samuel était toujours dans son lit. D'en bas leur parvenait la rumeur feutrée du snack-bar : carillon de la porte, tintement de vaisselle, ronronnement de la machine à *milk-shakes.*

— Un vrai petit ange, soupira-t-elle en revenant. Je lui ai caressé le dos, et il s'est endormi presque tout de suite.

Elle n'avait pas besoin d'élever la voix. Mary-Jane entendait très bien malgré son âge. Dès qu'elle fut assise, la vieille dame lui prit la main. Ce contact maternel remplissait toujours Sarah de gratitude. Elle pressa légèrement les doigts menus. Mary-Jane sourit.

— Tu as de bonnes mains, *dear,* des mains avec un cœur dedans.

— C'est joli ce que vous dites là !

Mary-Jane fit tourner la main de Sarah pour en examiner la paume.

— *It's true!* Regarde… La ligne ici, tu vois, c'est ta ligne de cœur. Elle est longue, longue… avec une cassure, là. Cœur brisé, mais pas plus tard dans ta vie. Maintenant.

Sarah essaya de plaisanter pour cacher son embarras.

— Je ne savais pas que vous disiez la bonne aventure!

— Beaucoup, beaucoup de peine, poursuivait gravement la vieille dame. *Too much, perhaps.* Mais la ligne se répare, *see,* elle continue et va loin, loin…

« Tu iras loin dans la vie », les paroles de sa mère… Sarah luttait de toutes ses forces contre l'émotion qui lui montait à la gorge, et ses lèvres frémissaient. Elle sentait son menton trembler comme celui de Samuel avant une crise de larmes. Elle retira brusquement sa main. Mary-Jane perçut son malaise.

— Quelqu'un t'a déjà dit cela?

Le regard de Sarah fit le tour de la pièce à la recherche d'un objet-bouée, n'importe quoi d'assez banal pour qu'elle puisse s'y accrocher en toute sécurité. Les franges du tapis lui rendirent ce service; elle les contempla fixement en se disant qu'elles auraient eu grand besoin d'être peignées. Elle s'imaginait à genoux, les démêlant une à une avec sa brosse à cheveux, et cet effort mental l'empêchait de sombrer dans les larmes.

— Ta maman ? reprit Mary-Jane après un court silence.

— Oui… Voulez-vous une tasse de tisane ?

Sarah se levait, s'affairait autour de la théière posée sur une vieille malle servant de table. Elle la tâtait, la trouvait tiède, ouvrait le couvercle.

— Il n'y en a plus beaucoup. Je vais en faire d'autre.

Elle se dirigeait déjà vers la cuisine.

— Pas de tisane. *Sit down.*

— On dirait que Sam se réveille…

Elle s'attarda le plus longtemps possible dans la chambre du bambin qui dormait à poings fermés, hésitant à revenir avec un mensonge qui lui permettrait de s'éclipser plus tôt que prévu. Mais elle se sentait en meilleure forme physique ce soir, et une crainte superstitieuse l'empêcha de se prétendre malade alors qu'elle ne l'était pas. Un jeu d'échecs en onyx trônait sur la table de l'entrée. Elle le prit et l'apporta chez Mary-Jane, le tenant devant elle comme un bouclier.

— On fait une partie ? proposa-t-elle sur un ton enjoué. J'ai une revanche à prendre contre vous.

La vieille dame secoua la tête.

— Je te connais depuis beaucoup de temps, et tu n'as jamais parlé de ta maman. On raconte des choses à Mary-Jane. Les autres, ils disent quelquefois : « Ma mère, elle ne me comprend pas. » Ou : « Ma mère a dit ceci, ma mère pense cela, elle fait telle chose. » Pas toi. Jamais.

Sarah se résigna à déposer l'échiquier sur le meuble devant la fenêtre.

— Ma mère est... décédée, répondit-elle en faisant mine d'ajuster les rideaux. Il y a... un peu plus d'un an.

Devant l'absence de réaction de l'Américaine, elle se demanda si celle-ci avait compris. Peut-être ne connaissait-elle pas le sens du mot «décédé».

— *Oh dear...*, c'est dur pour toi, dit enfin Mary-Jane. Elle était malade?

C'était moins difficile de parler debout, face aux rideaux, dos à la lampe.

— Quelqu'un l'a tuée. Un homme. Avec un revolver.

Trois petites phrases sur un ton haché. À sa grande surprise, Sarah se sentit soulagée de les avoir prononcées. Au bout d'une minute, elle revint s'asseoir, le cœur moins lourd, et prit un biscuit à la farine d'avoine dans le plateau posé sur la vieille malle. Louise les réussissait à la perfection ; ils fondaient dans la bouche.

— En voulez-vous un?

Mary-Jane hocha la tête.

— Tu ne pardonnes pas à cet homme.

Ce n'était pas une question, mais une affirmation. Sarah éprouva le besoin de se justifier.

— J'ai essayé! Je vous jure que j'ai essayé! J'ai même cru que j'avais réussi, mais c'est pire qu'avant.

La vieille dame eut un geste apaisant, une sorte de signe d'absolution tracé dans l'air.

— N'essaie plus, *dear.* C'est impossible de pardonner vite quelque chose comme ça.

Sarah rentra les épaules. Autant aller jusqu'au bout de cette étrange confession.

— Savez-vous ce que j'ai fait, Madame Mary-Jane? Ce qu'on appelle un transfert. J'ai déplacé ma haine vers une autre personne, une fille qui me fait des misères à l'école. Je l'ai… je l'ai menacée de mort cet après-midi.

Elle s'attendait à une réaction horrifiée. Il lui semblait qu'une bonne réprimande lui aurait remis le cœur à l'endroit, mais la vieille dame ne paraissait même pas troublée par la confidence.

— Cesse de te battre contre la haine. Elle cherche des batailles et elle en trouve toujours.

Une immense lassitude envahit Sarah. À quoi bon confier ses tourments à une personne aussi sereine, aussi protégée de la vie que l'était la vieille dame? L'appartement l'enveloppait comme son châle, ses proches la dorlotaient, elle n'avait presque plus aucun contact avec le monde extérieur. Peut-être même perdait-elle le sens des réalités. Que représentait la haine pour une personne de son âge, sinon une vague entité? Avait-elle seulement haï quelqu'un dans sa vie? Sa mère était-elle morte assassinée?

Sarah aurait pourtant aimé s'ouvrir à Mary-Jane, lui avouer qu'elle redoutait de devenir méchante malgré ses efforts et ses résolutions, et qu'elle avait une peur bleue de perdre le peu de maîtrise d'elle-même qu'il lui restait. Son corps lui jouait des tours. Lutter contre ses nombreux malaises et parvenir à les dissimuler, jour après jour, exigeait déjà une somme considérable d'énergie. Si elle cédait un centimètre de terrain à la haine, comme semblait lui suggérer Mary-Jane, que deviendrait-elle? Il lui fallait résister, résister toujours, et elle n'en pouvait plus.

— Je suis toute perdue, je ne sais plus quoi faire…, avoua-t-elle.

Mary-Jane lui tapota la main.

— Alors, ne fais rien.

— Mais…

— C'est bien plus dur qu'on croit, de ne pas agir. Tu ne peux pas aimer celui qui t'a enlevé ta mère. Tu ne peux même pas aimer tout le monde.

Sarah se détendit légèrement.

— C'est vrai!

Elle se rembrunit aussitôt.

— Mais de là à haïr autant… La haine est en moi, comprenez-vous? Une vraie haine, brûlante, dérangeante, qui prend beaucoup de place. Je ne peux quand même pas faire semblant qu'elle n'est pas là!

Mary-Jane ajusta les plis de sa robe de chambre avant de répondre.

— *Of course not.* Si tu fais semblant, tu te bats encore contre quelque chose.

L'intérêt de Sarah s'éveillait. Personne ne lui avait jamais parlé ainsi.

— Qu'est-ce que vous voulez dire?

— Tu essaies de te faire croire que ce qui est là n'existe pas. C'est très fatigant.

L'adolescente réfléchit quelques secondes.

— Je ne suis pas sûre de saisir… Ça paraît compliqué. Je n'ai pas l'habitude de penser comme ça. Et même si je reconnais que la haine existe, qu'est-ce que ça change ? Ça ne me dit pas quoi faire pour m'en débarrasser.

— Mais rien du tout ! insista Mary-Jane. *Let it go.*

Sarah fit la moue.

— *Let it go !*… C'est tout ?

— C'est tout. Laisse-la passer, elle passera.

Facile à dire ! Une ronde de son enfance, que lui chantait sa mère, lui revint en mémoire :

Trois fois passera, la dernière, la dernière,
Trois fois passera, la dernière y restera…

Qui serait la dernière à rester debout ? Elle ou la haine ?

Elles changèrent de sujet, mais Sarah restait sur sa soif de comprendre. Est-ce qu'elle aussi, en vieillissant, trouverait comme Mary-Jane des réponses simples et claires à toutes les questions qui lui compliquaient en ce moment l'existence ? Il lui semblait impensable de devoir attendre aussi tard dans sa vie pour atteindre un tel niveau de compréhension des choses. À quoi sert la sagesse lorsqu'on est si âgé qu'une promenade entre son lit et la fenêtre constitue l'exercice le plus épuisant de la journée ? À quoi bon posséder un savoir qu'on n'a même plus la force d'appliquer dans son quotidien ? Comme on doit se sentir inutile, et impuissant…

Vers vingt-deux heures, la vieille dame exprima sa fatigue et se laissa conduire à son lit. À la lueur de la lampe de chevet, Sarah vit clairement la jeune fille d'autrefois dans les yeux couleur de myosotis fixés sur elle. Cette vision lui causa un choc. La jeunesse de Mary-Jane, tel un enfant confiné à sa chambre, contemplait le monde par la fenêtre de son corps presque centenaire et rêvait d'aller jouer.

— Je vous aime! dit spontanément Sarah en se penchant vers le beau visage ridé. Et j'ai envie de vous raconter quelque chose pour vous aider à vous endormir. C'est une histoire secrète.

Agenouillée contre le lit, elle lui parla de Louis et de leur attirance mutuelle. Mary-Jane l'écoutait, souriante, l'interrompant parfois pour lui faire préciser un détail. Ses cheveux étaient roux, vraiment? Mais de quelle nuance? Et de quelle longueur? Bouclaient-ils autour des oreilles? Elle avait connu un roux, autrefois, un homme très sensible et très bon. Le frère de Corina, sa meilleure amie. Il marchait pendant son sommeil. Elle le savait pour l'avoir entendu répéter, n'ayant jamais été intime avec lui…

De fil en aiguille, Sarah s'enhardit dans ses confidences. Toutes les filles éprouvent le besoin de parler de leur premier amour, mais n'était-ce pas bizarre de choisir une aussi vieille dame pour épancher son cœur? On pouvait tout confier à Mary-Jane, même ce désir encore timide d'aller plus loin dans les caresses.

10

La Friponne

Le soleil de fin d'après-midi transformait en vitraux les fenêtres poussiéreuses de la cafétéria. Il promenait un doigt lumineux sur les bulles de savon dans l'évier double, caressait l'anse d'une tasse, allumait un reflet aux ustensiles de métal debout en rang dans l'égouttoir. Sarah essuya ses mains à son tablier, repoussa la mèche de cheveux qui lui retombait sur l'œil et sourit. La beauté des choses ordinaires l'émerveillait et lui donnait envie de rire et de pleurer en même temps. Là où tant d'autres n'auraient vu qu'une montagne de vaisselle ébréchée, elle percevait le contraste étonnant de la lumière et des ombres. Une joie presque douloureuse l'envahit, comme si elle était sur le point d'élucider un mystère…, mais le mystère demeurait entier.

Les bacs de métal du comptoir de repas chauds avaient déjà été vidés de leur contenu et passés à la laine d'acier par le responsable de la cafétéria. Le plancher usé par le frottement des pieds avait été récuré à fond. Le réfrigérateur montrait son intérieur bien rangé à travers sa porte vitrée. La tâche quotidienne de Sarah consistait à laver la vaisselle ; elle occupait ses mains et libérait en même temps son esprit. Ce travail ingrat lui plaisait. Il lui permettait aussi d'économiser sur le prix de son repas du soir. La préposée au service laissait toujours une assiette bien garnie à son intention. Il lui suffisait de la réchauffer au four à micro-ondes.

Le rayon de soleil pâlit et s'estompa. Sarah posa la dernière assiette sur la pile de vaisselle propre et commanda aux néons de prendre la relève. Le décor se modifia. Sous l'éclairage cru, la pièce reprit son visage normal. L'évier acheva de se vider de son eau souillée et Sarah le rinça rapidement.

— Oh… Tu n'as pas encore terminé ?

Dans une veste pied-de-poule sur un corsage orange et un pantalon noir, Élodie semblait échappée d'un magazine de mode, la taille souple, la démarche légère, consciente de sa beauté, confiante en son pouvoir de faire tourner les têtes et de conquérir le monde.

— J'en ai pour une minute, dit Sarah.

Élodie, qui paraissait pressée, l'aida à replacer tasses et assiettes dans les armoires. Les piles étaient lourdes. La vaisselle jetable, si pratique, avait été bannie de la cafétéria de l'école. Cette initiative faisait partie du programme « retour aux sources », créé quelques années plus tôt par d'anciens étudiants de cinquième secondaire. Pourquoi jeter ce qu'on peut laver et réutiliser ?

La vaisselle fut rangée en un temps record. Sarah s'étira voluptueusement. La longue station devant l'évier lui avait mis des fourmis dans les jambes.

— Merci pour le coup de pouce ! Mais qu'est-ce que tu fais encore ici, un vendredi à dix-sept heures ?

Elle imaginait Louis en train de l'attendre. Il avait pris l'habitude de traîner dans le hall d'entrée de la pension pour guetter son arrivée sans en avoir l'air.

Élodie écarquilla les yeux.

— Arrive en ville ! Ça fait un mois qu'on en parle avec Pat et Steph ! Le grand solde d'ouverture de La Friponne ! Des milliers d'articles à moitié prix, première arrivée, première servie ! Tout le secondaire cinq y va, l'enfer ! Sans compter les finissantes des autres écoles autour, qui vont débarquer par pleins autobus. Il devrait y avoir une loi pour empêcher les filles des autres quartiers de venir nous piquer nos robes de bal !

Sarah pensa en elle-même que si une telle loi existait, Élodie serait la première à en pâtir. Finies pour elle, les virées shopping à Sherbrooke, à Saint-Sauveur ou à Saint-Glinglin. Ghettoïsée, la carte de mode ambulante. Confinée à son quartier. Triste perspective. Elle sourit.

— Je suis trop vannée pour aller me faire écraser les orteils par une bande d'hystériques, dit-elle en enfilant son blouson.

Prétexte cousu de fil blanc. Elle mourait d'envie d'y aller.

— Tu vas te faire piquer ta robe! Demain, je t'avertis, il ne restera plus rien de potable en ville. Bye-bye bal!

Une sourde colère gagnait Sarah. Cette fille choyée par la vie, à la garde-robe bien garnie, n'imaginait même pas la souffrance de la privation. Elle ravala la réplique amère qui lui montait aux lèvres. Elle savait bien ce que croyaient ses amies: puisqu'elle travaillait, elle aurait dû pouvoir dépenser. Mais ce n'était pas le cas. Chaque sou lui était compté. Pour masquer son désarroi, elle éteignit les néons et la cafétéria se retrouva plongée dans la pénombre.

— Viens donc! insistait Élodie sur un ton cajoleur. Tu ne vas pas encore nous faire faux bond!

Sarah réprima un soupir. «Laisse passer…», songea-t-elle en se remémorant le conseil de Mary-Jane. L'apaisement instantané qu'elle espérait ne vint pas. Haussant les épaules, elle se résigna à suivre ses amies vers le centre commercial. Si la colère s'attachait à ses pas, tant pis. Elle était bien déterminée à distancer l'intruse. La marche rapide, forcée par la hâte et l'excitation de ses amies, dissipa comme par enchantement son humeur morose et lui éclaircit les idées.

Oui, elle brûlait d'aller danser, de se faire époustouflante pour célébrer la fin de son secondaire, la fin de son ancienne vie et l'aube d'une toute nouvelle, et de s'éclater avec les autres finissants. Et comme elle ne pouvait rien faire, à cet instant précis, que d'en rêver, elle laissa tomber en chemin tous les obstacles qu'elle avait érigés sur la piste de son rêve. C'était un bon et beau rêve, bien légitime. Elle ne savait pas comment le réaliser, mais il lui appartenait. Elle avait au moins le droit de l'entretenir, sans rien exiger de lui.

C

La boutique de vêtements d'occasion de madame Bastien, réputée pour l'originalité et la qualité de sa marchandise, inaugurait enfin une succursale au Faubourg après avoir remporté un vif succès ailleurs en province. Le journal local avait consacré un article élogieux à La Friponne.

Comme le redoutait Élo, une foule dense et bigarrée se bousculait aux portes. Sprint final. Il était moins une, elles accouraient, se faufilaient, s'entrechoquaient, essoufflées d'avoir ri et couru. Des ballons à l'hélium s'agitaient mollement à l'entrée. Un clown à l'air maussade, que Stéphanie tenta vainement de dérider, distribuait à la ronde des bons de réduction rapidement escamotés par des mains avides.

On entrait là-dedans comme dans un autre univers, on se créait des styles à partir d'un rien. L'année précédente, à la même époque, la fripière avait eu la surprise de voir ses autres boutiques prises d'assaut par une horde de finissantes du secondaire. Impossible de répondre à la demande. Cette année, en commerçante avisée, elle avait prévu la ruée et s'y était préparée. La nouvelle friperie, comme toutes ses sœurs, regorgeait de toilettes vaporeuses, d'accessoires clinquants, de foulards miroitants, de boucles d'oreilles, de souliers, de sacs, de gants. Sarah en repéra une paire qui ferait son bonheur. Un incendie de couleurs faisait tourner les têtes et flamber les miroirs.

Tassée sur un petit banc, entre la paroi d'une cabine d'essayage et un portemanteau pivotant, Sarah s'imprégnait de l'atmosphère délirante et y participait à sa manière. Elle s'imaginait au cinéma, et le spectacle l'enchantait. Il ne manquait que le pop-corn. Pas plus qu'un spectateur n'essaierait d'entrer dans le film qu'il regarde, Sarah ne tentait de se mêler à la frénésie du moment. Elle se tenait immobile devant l'écran, les yeux pleins de rêve.

— You-hou!

Une main agitait un corsage argenté à la hauteur de son visage.

— Ton verdict : *wow* ou *poche* ?

Sarah reconnut Michelle Daigneault, l'ex-meilleure amie d'Élodie. Comme tout un chacun, elle n'ignorait pas que les deux filles ne se parlaient plus depuis des mois. Une vague histoire de jalousie. Mais rien qu'à voir leur attitude lors-qu'elles se croisaient à l'école ou ailleurs, ça crevait les yeux qu'elles cherchaient le moyen de renouer tout en ménageant leur orgueil et leur amour-propre. Qui ferait les premiers pas?

À en juger par les coups d'œil nerveux que Michelle jetait du côté des cabines d'essayage, elle avait dû voir Élodie y entrer. Engager la conversation avec Sarah lui fournissait un prétexte plausible pour rester plantée là où Élo ne pourrait manquer de la voir en sortant. Elle tentait sa chance. L'idée de servir de pont entre les deux copines amusait Sarah. Souriant de toutes ses dents, elle entra dans le jeu de Michelle.

— Poche! trancha-t-elle.

La porte de la cabine s'ouvrait triomphalement sur une Élodie superbe et sûre de l'être dans une robe *wow*. Positivement *wow*. Michelle pâlit. Élodie rougit.

— Puis, *les filles*? De quoi j'ai l'air?

Astucieuse Élodie. Sarah l'applaudit mentalement. Ce pluriel spontané flanquait une fameuse pichenotte à la rancune des ex-amies et réparait tout.

— C'est tellement… *toi*! s'exclama Michelle, radieuse.

Élodie tournait sur elle-même. Le tissu soyeux, d'un somptueux vert doré, presque translucide, virevoltait autour de son corps.

— Ça te donne un teint de cadavre! fit une voix moqueuse, un peu rauque, que Sarah aurait reconnue entre mille.

C'était bien elle, Simone Cantin, les lèvres écarlates, moulée dans un fourreau noir si serré

qu'il aurait fallu le secours de pinces de désincar-
cération pour l'en extirper. Un jabot qu'on eût dit
découpé dans une toile d'araignée ornait le devant
de la robe. Élodie, forte de ses retrouvailles avec
Michelle, éclata de rire.

— Si c'est toi qui le dis, Simone, je l'achète!

— *Cool !* ne put s'empêcher d'approuver Sarah.

Simone pivota sur elle-même et dévisagea sa
victime préférée avec l'air de découvrir une tache
suspecte.

— Tiens, regarde donc qui parle : la petite
souris grise! J'ai hâte de lui voir la robe! On est
tellement habitués de la voir porter sa vieille poche
de patates usée qu'on se demande si elle a un corps
en dessous!

Élodie frémit d'indignation, sa main se crispa
sur un volant de la robe. Michelle fronça les
sourcils, abasourdie par cette vacherie gratuite.
Sarah ne bronchait pas, tassée sur son banc. Elle
prenait lentement conscience de la colère qui
remontait en elle et la poussait à réagir violemment.

Constatant que sa provocation tombait dans le
vide, Simone tourna le dos et, campée devant le
miroir, parut abandonner la partie pour s'admirer.
Elle n'attendait qu'un auditoire, et celui-ci lui fut
gracieusement fourni par Valérie Dupont qui se
glissait hors d'une cabine, à moitié vêtue et trébu-
chant sur l'ourlet de sa robe dans sa hâte de jeter
son grain de sel. Mais Simone était lancée.

— Pauv' *tite* souris… Avec la gueule qu'elle a,
il va falloir qu'elle paie pour se faire escorter au bal!
Un gars désespéré, non-voyant de préférence!

Sarah eut un violent haut-le-corps et se laissa porter par lui comme un surfeur sur le dos d'une vague. «Tu te trompes, *vermine*, j'en ai un, amoureux, et ma *gueule* lui plaît, ne t'en déplaise. Mais j'ai bien trop d'honneur pour me servir de mon Louis comme d'un *marteau-piqueur* pour te *river ton clou*!»

La vague s'apaisa. Le pire était passé…

Erreur! Élodie s'élançait vers Simone et, d'un coup d'épaule, la plaquait contre le miroir. Les cloisons des cabines d'essayage en furent ébranlées. Les portes s'ouvrirent une à une; un attroupement de jeunes filles en toilettes de bal se forma autour des adversaires. Patricia, les joues aussi roses que sa robe, s'accrochait à Stéphanie, dont les yeux lançaient des éclairs à la vue de sa cousine aux prises avec cette peste de Simone.

Élodie rageait.

— Qu'est-ce qui te prend d'insulter mon amie? Excuse-toi!

Sarah s'interposa entre elles, les genoux en compote et le cœur en marmelade.

— Arrête, Élo! implorait-elle à mi-voix. Je m'en fous de ses insultes! Je te jure que je m'en fous!

Michelle la tira par le bras.

— Laisse. Pour une fois que quelqu'un ose la remettre à sa place, celle-là!

La face écrasée dans le miroir, Simone se débattait furieusement. Élodie étouffa un cri de douleur. L'autre venait de la pincer au sang et, profitant de son saisissement, la repoussait d'un violent coup de reins.

Élodie, hors d'elle, revint à la charge en vacillant. Volte-face de Simone, haletante, toutes griffes dehors. Et crac! Déchirure.

— Hon, t'as *scrapé* ma robe! dit Simone en affectant l'ahurissement.

— Elle l'a fait exprès! s'empressa de confirmer Valérie Dupont.

Le jabot arachnéen pendait par un fil, déchiré, crevé, taché de rouge et tout juste bon à jeter aux ordures. Élodie porta la main à sa bouche. Tout s'était produit si rapidement que l'illusion était presque parfaite. Un bref instant, elle se sentit coupable de cette faute qu'elle n'avait pas commise, et consulta ses amies du regard. Elle lut dans leurs yeux une stupéfaction égale à la sienne. Michelle fut la première à réagir.

— Tu en as du front, toi! lança-t-elle à Simone. Il ne faudrait pas nous prendre pour des poires! On a toutes vu ce qui s'est passé!

— Justement! répliqua Valérie Dupont. Tout le monde a vu qui agressait qui.

Une voix sèche et cassante coupa court aux murmures indignés.

— Il y a un problème ici?

Comme une volée de moineaux effarouchés, les spectatrices se dispersèrent, exposant aux regards courroucés de la fripière le petit groupe des belligérantes figé sur place. Elle accourait, mécontente et pressée, alertée par une cliente fort contrariée de se voir bloquer l'accès aux cabines d'essayage.

Personne n'osa répondre, mais la robe en piteux état parlait d'elle-même.

— Qu'est-ce qui s'est passé?

Simone pointa un index accusateur vers Élodie.

— Cette fille-là voulait à tout prix essayer ma robe, elle s'est jetée sur moi et me l'a presque arrachée du dos au lieu d'attendre que je l'enlève!

— C'est un mensonge! balbutia Élodie en rougissant. C'est *elle* qui a déchiré la robe. Je…

— Un instant! coupa Simone. Elle m'a agressée. J'ai des témoins.

En bon petit soldat, Valérie Dupont réagit au quart de tour.

— C'est vrai, madame. L'autre fille l'a attaquée, elle lui a sauté dessus comme une vraie maniaque.

Qui aurait pu la contredire? Le miroir lui-même, barbouillé de rouge à lèvres et d'ombre à paupières, témoignait de la violence de l'affrontement.

— Irréparable, murmura la propriétaire de la boutique en examinant le devant de la robe.

Elle se tourna vers Élodie transformée en statue.

— Rhabillez-vous et quittez mon magasin, mais pas avant d'avoir remboursé le prix du vêtement que vous venez de vandaliser.

— Mais puisqu'on vous dit que ce n'est pas elle! s'insurgea Patricia.

Stéphanie se détacha du groupe, les cheveux hérissés par l'électricité statique accumulée au cours de ses nombreux essayages, inconsciente du spectacle incongru qu'elle offrait avec ses grosses bottines jaunes et sa robe à crinoline. En d'autres circonstances, sa tenue aurait déclenché un fou rire général.

— Je vous défends de traiter ma cousine de vandale!

Encouragée par cet appui moral, Élodie tenta de plaider sa cause.

— Je n'ai rien fait, je vous le jure! Elle essaie de se venger parce que je l'ai tassée contre le miroir.

Elle se mordit les lèvres. Son aveu venait d'arracher un sourire pincé à la boutiquière.

— Donc, vous admettez l'avoir agressée.

— Oui, mais… c'est parce qu'elle a dit… elle a dit…

Elle hésitait. Sarah rentra les épaules, paniquée à l'idée qu'on attire l'attention sur elle en répétant les paroles injurieuses de Simone. La tête lui tournait. Toute la clientèle de la boutique semblait s'être concentrée dans l'espace étroit réservé aux essayages. La chaleur devenait insupportable. Mais Élodie n'eut pas le temps de s'expliquer.

— Je n'ai pas besoin d'en savoir plus! trancha madame Bastien. Que vous ayez déchiré la robe volontairement ou accidentellement, c'est quand même vous la responsable de ce gâchis! Passez à la caisse en sortant.

— Facturez-moi celle-là aussi…, souffla Élodie en désignant la robe qu'elle portait.

Toutes ses économies allaient y passer… Tant pis! Madame Bastien s'éloignait déjà, apparemment satisfaite de cette conclusion, lorsqu'un cri de Simone la cloua sur place.

— C'est ça! Déchire la robe que j'ai choisie et emporte la seule autre qui me plaît! Pour une justice, c'est toute une justice!

Elle était si convaincante que même Valérie Dupont s'y laissa prendre.

— Mademoiselle n'emportera rien du tout! affirma avec force la propriétaire de la boutique. Elle paie la note et elle s'en va.

Ce revirement arracha un sourire victorieux à Simone et une faible protestation de la part d'Élodie:

— Mais, madame, vous ne pouvez pas…

Madame Bastien en avait assez de cette histoire qui l'empêchait de servir ses autres clientes.

— La robe verte reste ici! Et estimez-vous chanceuse que je sois débordée en ce moment. Autrement, vous ne vous en tireriez pas à si bon compte.

Stéphanie prit sa cousine par la taille et releva bien haut le menton.

— Puisque c'est comme ça, on va toutes acheter nos robes ailleurs!

— Oui, ailleurs, et tant pis pour vous! renchérit Patricia en courant s'enfermer dans une cabine pour cacher ses larmes.

— On ne remettra plus jamais les pieds dans votre boutique! ajouta Michelle Daigneault.

Sarah, raide et muette, contemplait la pointe de ses bottines.

— Je vous le défends bien, toutes autant que vous êtes! Vous n'êtes plus les bienvenues dans mon établissement, trancha la boutiquière avant de les planter là, tremblantes et en sueur, le cœur en lambeaux.

— Grouille-toi, cracha Simone en direction d'Élodie. J'attends *ma* robe.

— Retenez-moi, quelqu'un! gronda Stéphanie.

Élodie la poussa dans une cabine, où elles s'aidèrent mutuellement à se libérer de leurs tenues de bal. Michelle attendit que la robe verte et dorée lui soit jetée par le jour au-dessus de la porte. Tenant le vêtement par ses fines bretelles, elle le déploya entre elle et Simone, avec la mine préoccupée d'une couturière prenant des mesures.

— Si tu réussis à entrer dans cette robe-là, je te jure que je bouffe mes bas devant tout le monde!

L'autre, furieuse, ne trouva rien à répliquer et s'enferma avec le vêtement qui, heureusement pour elle, était extensible.

— J'entends les coutures crever! hurla Stéphanie de l'autre côté de la cloison.

Patricia, l'air effaré, risqua un œil hors de sa cabine. À son avis, les choses allaient beaucoup trop loin. C'était limite. Sarah comprit instinctivement ce qui se passait dans son esprit, mais Michelle se méprit sur le sens du regard échangé par les deux filles.

— N'ayez pas peur! Elle n'osera pas se montrer avant qu'on soit parties! affirma-t-elle en riant.

Patricia, dont le cœur battait la chamade, entraîna Sarah vers la sortie.

— On se tire, j'étouffe.

Elles durent jouer des coudes pour s'extraire de la boutique et, d'un même élan, se jetèrent sur un banc du mail qui se libérait inopinément.

— Ça fait boule de neige, ces histoires-là, dit gravement Patricia.

Sarah n'eut pas le cœur de répondre. À quoi bon faire des pieds et des mains pour laisser aller sa colère, si les autres la reprenaient à leur compte ?

11

Bulles et conciliabules

Le cœur en émoi, chacune à sa façon, les cinq exilées de La Friponne s'attardèrent à l'entrée d'une étroite ruelle bordée de lilas, qui longeait le dos des maisons de la rue de l'Oasis et qui leur servait autant de raccourci que de point de ralliement. Sarah se tenait un peu à l'écart, le nez dans les lilas et l'oreille aux aguets. À son grand soulagement, personne ne s'apitoyait sur elle. Toutes plaignaient à présent Élodie, qui paraissait la plus touchée : débourser de l'argent durement gagné pour un vêtement gâché par une chipie, et se faire escamoter la robe de ses rêves ! La discussion tournait maintenant autour de la robe, de toutes les robes de bal sacrifiées par solidarité.

Stéphanie fut la première à s'éclipser, après avoir consulté sa montre à plusieurs reprises d'un air inquiet. Le vendredi soir, elle tenait la caisse à la boucherie de son père, et celui-ci n'admettait aucun retard.

— On n'a pas dit notre dernier mot! glissa-t-elle à l'oreille de Sarah en prenant congé d'elle.

Appuyées contre une clôture, Élodie et Michelle étrennaient leur réconciliation, qui leur permettait de faire front commun devant l'adversité. Le nom de Marcus fut évoqué avec des trémolos de rire. Elles avaient toutes deux, à tour de rôle, fréquenté ce garçon populaire et possessif. Michelle se jugeait guérie de sa jalousie morbide, elle se donnait du temps avant de retomber amoureuse. Ses amourettes mouvementées l'avaient tirée de son isolement. Désormais, elle se sentait digne d'être vue, remarquée, admirée et aimée. Elle avait renoncé à ses affreuses tresses et portait libres ses magnifiques cheveux. Élodie lui en fit le compliment et lui avoua qu'elle craquait un max pour son nouveau style. Michelle lui confia son secret: mettant à profit ses longues soirées de solitude forcée, pendant que son père sillonnait la ville à bord de son taxi, elle avait apprivoisé la vieille Singer de sa mère et appris à coudre en s'inspirant de magazines de mode dénichés pour trois fois rien dans des ventes de garage. Le résultat, assez étonnant, lui donnait un look d'enfer. Un modèle de robe lui trottait en tête, elle y pensait jour et nuit, hésitant à se lancer dans une entreprise aussi délicate qu'un vêtement de bal.

L'œil terne et les joues luisantes, Patricia piétinait sans conviction une immense marelle pâlie par de nombreux hivers. Comme la conversation s'éternisait, elle ramassa une craie perdue et traça dans la case du ciel les lettres s-t-u-p-i-d-e. Elle y ajouta un s, puis un autre, jusqu'à ce que toute la surface du jeu en soit recouverte. Ça, c'était pour Mathieu. Pour sa façon d'être avec elle, et pour leur relation en forme de… Point d'interrogation. Fin de la craie.

— Arrives-tu, Élo? soupira-t-elle. Nos chums nous attendent au snack.

Elle cracha dans sa main et l'essuya sur une touffe d'herbe. Avec sa chance, il lui pousserait un bel urticaire.

Élodie, du menton, désigna Sarah qui flirtait avec une grappe de lilas. Thérapie olfactive… Patricia s'approcha d'elle, sans la toucher.

— On soupe chez Pop. Viens-tu?

Michelle avait décliné l'invitation, elle gardait ses sous pour acheter du tissu. Sarah, elle, n'avait qu'un désir: se plonger dans un bain chaud et se laver de toute cette boue morale. Mais d'abord, amitié oblige, tournée de bisous.

Patricia était toute molle, sans consistance, et sa joue était froide. La guigne était sur elle, ça se voyait dans son attitude. Les yeux de Sarah évitaient la marelle. Elle leva la main et libéra doucement une mèche de sa prison de larmes séchées.

— On surveille nos arrières, mais on regarde en avant, O.K.?

— Tope là! conclut Michelle en levant la main.

Ragaillardie par toutes ces aventures, dont elle sortait gagnante, elle irradiait l'énergie. Enfin, de l'action dans sa vie!

Élodie, elle, enveloppa Sarah d'une solide étreinte maternelle, lui pressant la tête contre sa belle veste à présent froissée et souillée par le rouge de Simone, jusqu'à ce que son parfum tourné à l'aigre (Lotus blanc, sueur et colère) lui arrache un éternuement.

— Désolée pour ta robe, Lo. Mais tu n'avais pas à te battre pour me défendre. Je suis assez grande pour m'occuper de moi-même.

Élodie parut déroutée. Dans son univers de robes de rêve, de robes gâchées, défendues bec et ongles et à jamais envolées, l'injure faite à son amie n'avait laissé aucune trace. Elle n'avait été que le déclencheur d'une vengeance toute personnelle.

— Bye quand même Sarah, répliqua-t-elle en lui tournant le dos.

Lasse d'attendre, Patricia s'était mise en mouvement. Elle traînait tellement les pieds qu'Élodie n'eut aucun mal à la rattraper.

Michelle prit sa course pour rejoindre Sarah. Les réverbères venaient de s'allumer. Une fraîcheur toute printanière se dégageait des arbres en bourgeons et de la terre humide.

— On fait un bout de chemin ensemble? Tu as l'air d'aller de mon côté.

Sarah n'était pas fâchée d'avoir de la compagnie. Pour regagner la pension, il lui fallait traverser un secteur sombre, entrecoupé d'un dédale de ruelles.

— Qu'est-ce qu'elle a tant contre toi, la Cantin?

— ... De qui tu parles?

Michelle éclata de rire et passa son bras sous le sien. Elles marchèrent un moment en silence. Rassurée par cette présence amicale à ses côtés, Sarah se détendait peu à peu et découvrait avec ravissement un aspect nocturne inconnu de son quartier. Elle s'arrêta, émerveillée, pour pointer du doigt la croix lumineuse du clocher de l'église St-Rock. Sans se concerter, elles grimpèrent les marches raides jusqu'au parvis.

— Vingt-deux! souffla Michelle en se laissant tomber sur la pierre froide. Oh, inutile d'essayer d'ouvrir les portes, elles sont verrouillées à cette heure-ci.

Déçue, Sarah se posa à côté d'elle en se promettant de revenir seule ou avec Louis pour allumer un lampion à l'intention de sa mère. Ils s'assoiraient au jubé et feraient une cure de silence.

— J'ai une nature jalouse, avoua abruptement Michelle en se massant les mollets. La jalousie, ça te ronge comme un acide. C'est sûrement ça, le problème de la Cantin. Elle est jalouse de toi. Je reconnais la tactique: piquer pour blesser.

Sarah gonfla ses joues et souffla entre ses dents. Encore Simone! Cette fille la suivrait donc partout, jusque dans ses rares moments de paix?

— Elle n'a rien à m'envier, O.K.? Change de toune.

— D'accord, on parle de toi.

— ...

— On *splitte* une pizza, d'abord?

Sarah hésitait, tentée. La faim la tenaillait, mais son portefeuille contenait à peine de quoi se payer un café.

— Euh… Je sais pas… Je n'ai pas trop envie de voir du monde.

— Pas grave, je ne suis pas du monde! s'esclaffa Michelle. Écoute, on va manger une croûte chez moi, pas de gêne, mon père fait le taxi tous les soirs.

Elles venaient de dépasser une des rares cabines téléphoniques encore en service au faubourg St-Rock, quand Sarah revint sur ses pas, fouillant ses poches à la recherche de monnaie.

— Faut que j'appelle chez nous, avant.

Sarah fut très satisfaite de sa tournure de phrase, qui sonnait très «vie de famille». Quelqu'un se souciait d'elle, et c'était Louis qui à cette heure devait faire les cent pas dans le hall de la pension, sautant sur le téléphone à la moindre sonnerie.

— Économise tes sous, on est à deux rues et j'ai le téléphone.

Mais Sarah tenait à sa vie privée et à ses petits secrets. Elle s'enfermait déjà dans la cabine, glissait ses deux pièces dans la fente, composait un numéro, parlait avec animation, passait la tête par la porte entrebâillée.

— Donne-moi ton adresse: on va venir me chercher tout à l'heure…

À l'autre bout du fil, Louis notait les coordonnées de Michelle. Il serait là sans faute à vingt-trois heures pile. Un délicieux sentiment d'importance envahit Sarah à la perspective de se faire raccompagner en fin de soirée par un garçon pas du tout aveugle ni désespéré. La tête de Simone Cantin, si d'aventure ils la croisaient! Riant sous cape, Sarah regrettait presque de ne pas connaître l'adresse de sa tortionnaire pour mieux la narguer en passant devant chez elle sur le chemin du retour.

12

Désillusions

Yannick Lavoie prit son hamburger à deux mains et mordit dedans. Pop les faisait tellement gros que même les appétits les plus féroces en venaient difficilement à bout. À ses côtés, le coude sur la table, Élodie grignotait distraitement une frite. L'incident de la boutique lui restait sur l'estomac. Tant d'émotions l'agitaient qu'elle ne savait plus sur laquelle fixer son attention. Elle se reprochait amèrement son impulsivité. Le geste destructeur de Simone l'atterrait. Elle redoutait les suites de cette histoire, l'escalade des tensions. Le reproche de Sarah – bien mérité, au fond – la peinait beaucoup. Que dire de sa robe perdue et de l'argent déboursé en pure perte! La solidarité de ses copines était réconfortante, mais Élodie se sentait responsable de leurs déboires.

Sur la banquette d'en face, Patricia remuait son *milk-shake* en s'efforçant d'ignorer le manège de Mathieu qui, comme toujours, flairait longuement sa nourriture avant d'y goûter.

— Arrête, tu m'énerves! finit-elle par lui lancer. As-tu peur de t'empoisonner, ou quoi?

Sans sourciller, Mathieu poursuivit l'inspection olfactive de sa salade de poulet. Cette manie avait d'abord été un sujet de plaisanterie entre eux. On s'en moquait gentiment et les choses en restaient là. Mais ce soir, elle devenait carrément répugnante. Manifestement, Mathieu l'exagérait dans le seul but d'irriter Patricia. Le moment était on ne peut plus mal choisi. Élodie étouffa un soupir et détourna les yeux. Le copain de Pat lui devenait de moins en moins sympathique. Elle poussa son assiette vers Yannick.

— Il m'a coupé l'appétit.

Patricia contemplait son *milk-shake* d'un œil morose.

— Tu parles d'une soirée… On n'est pas sorties du bois.

— Ça va s'arranger, temporisa Yannick.

Élodie n'était pas de cet avis.

— Facile à dire! Comment? Avant d'être barrées de La Friponne, on avait déjà fait le tour de toutes les boutiques potables sans rien trouver d'intéressant. Ou c'est trop cher pour nos moyens, ou c'est fabriqué en série.

Yannick lui sourit.

— Ma mère est costumière, l'as-tu oublié?

Patricia l'ignorait et pressa Yannick de questions sur cette profession inhabituelle qui l'intriguait. Il répondait de bonne grâce, heureux de la diversion. Mais Élodie rongeait son frein.

— La spécialité de ta mère, ce sont les costumes de théâtre, pas les robes de bal.

— Ça ne change rien à ses talents de couturière. Vos robes auraient le mérite d'être très originales, exclusives… et taillées sur mesure.

À ces mots, Patricia se sentit renaître.

— Ce serait *trop cool* si elle acceptait !

Mathieu, qui n'avait pas semblé suivre la conversation jusque-là, laissa fuser un rire méprisant.

— Vous en faites des chichis, vous autres, les filles, pour un *stupide* paquet de chiffons !

Il prit enfin une bouchée de salade, inconscient de la bombe qu'il venait de lâcher et qui menaçait d'exploser d'une seconde à l'autre.

— Je suis content d'être un gars, poursuivit-il, la bouche pleine. On n'a pas ce problème-là, nous autres. Habit, bermudas, maillot de bain, on s'en fout ; on irait au *stupide* bal tout nus pourvu qu'on s'éclate !

— Ce que tu peux être sexiste, des fois ! répliqua Patricia.

— Et obtus ! renchérit Élodie.

La main en cornet derrière l'oreille, Mathieu se pencha vers elle à travers la table.

— Obquoi ?

— Étroit d'esprit ! Bouché ! Fermé !

— Hé, ça va faire les insultes, là !

— Si on allait au cinéma demain soir? dit Yannick. Il y a un nouveau film à l'affiche.

Sa proposition ne trouva aucun preneur. La tête tournée vers la salle, Mathieu cherchait à attirer l'attention de la serveuse. Elle finit par capter le signal et s'approcha, un sourire aux lèvres.

— Vous désirez autre chose?

Mathieu, la bouche pleine, se contenta de pointer du doigt l'assiette de frites d'Élodie.

Le crayon en l'air, la serveuse attendait qu'il ait fini de mastiquer pour noter sa commande.

— Une grosse, une moyenne, une petite? finit-elle par demander.

Nouveau mouvement du doigt vers l'assiette, cette fois teinté d'impatience. Embarrassée par ce manque de courtoisie, Patricia coula un regard d'excuse en direction de la jeune femme, qui s'éloigna en haussant les épaules.

Malgré les efforts louables de Yannick, la conversation languissait. Patricia répondait du bout des lèvres, Élodie se rongeait les ongles. Mathieu restait muet, comme détaché du groupe. À chaque trouée de silence, on entendait le heurt des boules de billard provenant de la salle du fond. Patricia étouffa plusieurs bâillements. Élodie consulta ostensiblement sa montre. Elle avait hâte de se retrouver seule avec son copain. La serveuse revint avec une assiette qu'elle déposa devant Mathieu sans qu'il daigne seulement lever la tête ou grommeler un remerciement. Patricia prit une grande inspiration et se mordit les lèvres en le voyant soulever une frite et l'examiner sous tous les angles. L'ayant gobée, il lâcha un nouvel obus :

— Non mais, me voyez-vous parader en habit et cravate ? J'aurais l'air d'un chien savant ! C'est décidé, je vais au *stupide* bal en jeans ou je reste chez nous.

Patricia gémit et se prit la tête à deux mains. Yannick tenta de la rassurer.

— Tu vois bien qu'il déconne.

— Sérieux ! rétorqua Mathieu. Sapez-vous comme ça vous chante, moi je refuse de me déguiser !

Élodie sentit la moutarde lui monter au nez.

— S'habiller chic, pour toi, c'est porter un déguisement ?

— Pars-moi pas là-dessus. La vie est une mascarade !

— Écoutez…, reprit Yannick, de plus en plus mal à l'aise. On ne pourrait pas…

Mathieu poussait Patricia du coude en lui montrant du menton la bouteille de ketchup hors de sa portée. Comme elle ne saisissait pas le message, il répéta son mouvement à plusieurs reprises. La grossièreté du geste acheva d'exaspérer Élodie.

— Si tu veux quelque chose, ouvre la bouche et articule !

Mathieu se leva d'une détente et se dirigea, assiette en main, vers une table occupée par une fille seule. Elle lui fit bon accueil et lui tendit la bouteille de ketchup, identique à toutes celles qui trônaient sur les tables, y compris la leur. L'amabilité exagérée de ses manières était un affront pour

Patricia. Elle n'en crut pas ses yeux en le voyant tirer une chaise, s'y asseoir à califourchon et engager une conversation animée avec l'inconnue. Au bout de cinq minutes, n'y tenant plus, Patricia se précipita vers les toilettes. Élodie la suivit, mais revint presque aussitôt, l'air abattu.

— Elle a pris la sortie de secours.

«Comme une voleuse…», pensa Yannick. Cette fuite n'arrangerait pas les choses. Mais il comprenait sa réaction.

— Rattrape-la et attendez-moi au coin de la rue. J'ai la voiture de mon père, il commence à être tard pour se promener à pied dans le quartier.

Du coin de l'œil, Mathieu les vit se concerter et sortir en hâte. L'addition serait pour lui, il l'avait bien cherché. Inconsciente de son état d'esprit, la fille continuait à babiller. Sourire figé, poings crispés sous la table, Mathieu souffrait.

C

Pour une fille qui avait la réputation de sangloter pour un rien, Patricia affichait un calme impressionnant. Yannick n'osait pas mettre la radio et conduisait en silence. À intervalles réguliers, la main d'Élodie effleurait son genou.

Une fois Patricia déposée devant chez elle, sans qu'ils aient eu droit au bonsoir et au merci d'usage, Élodie laissa fuser son amertume.

— Son pressentiment se réalise : nos vies sont rendues poches au max ! Tu l'as remarqué, j'espère ?

C'était une pointe, à n'en pas douter. Ne trouvant rien de spirituel à rétorquer, Yannick demeura muet. Il compta mentalement jusqu'à douze avant que la fureur d'Élodie trouve un nouveau bouc émissaire.

— Mais LUI, ah! lui par exemple, je le retiens! C'est ton ami, ça? Tu parles d'un... stupide! Oui, c'est le mot, c'est d'ailleurs le seul qu'il sait épeler sans faute.

— Il a ses problèmes lui aussi, O.K.?

Elle resta saisie. La curiosité l'emportant sur la rage, elle se força au calme.

— Quels problèmes?

— Tu ne dis rien à Pat. C'est à lui de le faire.

— C'est si grave que ça?

— Promets, avant.

— Me prends-tu pour la Cantin? Je sais tenir ma langue!

— Matt se sent prisonnier dans sa peau. Il déteste sa vie, il n'entrevoit pas d'avenir après le secondaire.

— Voyons donc!

Élodie n'arrivait pas à comprendre qu'on puisse éprouver pareil sentiment de lassitude à un âge où la vie offre autant de choix et de possibilités. Elle considérait l'humeur de Mathieu comme un caprice d'enfant gâté. Elle le méprisait de rendre sa copine malheureuse.

Yannick pensait autrement : Mathieu étouffait, il avait un urgent besoin de s'aérer les idées.

— Eh bien, qu'il fasse de l'air! conclut Élodie. Moi, à la place de Patricia...

— Tu n'es pas à sa place, l'interrompit Yannick.

— Et je m'en félicite! minauda-t-elle en devenant tout sucre, tout miel.

Ils arrivaient devant son immeuble, et Yannick rangea la voiture le long du trottoir sans couper le contact.

— Bonne nuit…

— Tu ne dors pas avec moi? s'étonna Élodie. On est vendredi.

Il poussa un long bâillement. Le moteur ronronnait. Un fin brouillard s'était levé, rendant irréel le spectacle de la rue déserte.

— Et puis?

— Pas ce soir. Mon père fait réviser la voiture très tôt demain matin.

— Tu aurais pu le dire! Donne-moi une minute pour avertir maman et prendre mes affaires.

Elle ouvrait déjà la portière, mais Yannick lui toucha le bras.

— Pas ce soir, Lo.

Ce surnom affectueux, qu'il utilisait surtout pour l'apaiser lorsqu'il la sentait tendue, fit sourciller Élodie.

— Pourquoi?

— Pas ce soir, c'est tout.

Il n'avait pas l'intention d'en dire plus, et son silence fut perçu par Élodie comme un rejet.

— Maudits gars! explosa-t-elle. Vous êtes tous pareils! Pas capables d'exprimer clairement ce que vous pensez! Vous ne savez même pas ce que vous voulez!

Elle claqua violemment la portière. Yannick entendit ses talons marteler le trottoir avant d'ébranler les marches de l'escalier extérieur. Il n'attendit pas de la voir entrer avant de s'éloigner en faisant crisser ses pneus.

13
Sondages

À sa grande surprise, Sarah devenait le pivot de son cercle d'amis. Au début, elle avait cru que les autres l'entouraient pour la protéger d'une nouvelle attaque de Simone, comme une famille d'éléphants fait cercle autour du plus faible afin de le soustraire aux griffes des prédateurs. Mais Simone se tenait relativement tranquille depuis l'incident de la boutique. Et puis, pouvait-on encore parler de famille? Il semblait à Sarah qu'elle n'avait jamais eu autant de monde autour de sa personne, et cette illusion était renforcée par le fait que le groupe n'existait plus dans sa forme habituelle.

Patricia ignorait Mathieu, qui se murait dans son silence. Élodie poursuivait Yan, comme si elle avait une peur bleue de le voir disparaître. Et lui, sans se départir de son air tranquille, se laissait tour à tour bécoter, sermonner, accaparer et rejeter par elle. Avec son insouciance de cigale, Stéphanie allait de l'un à l'autre sans paraître affectée par les tensions. Michelle parlait peu. Sa robe prenait corps dans son esprit, elle griffonnait fébrilement des esquisses pendant les cours, pendant les pauses et même en mangeant.

Un jour que Sarah revenait d'une course à l'épicerie, Mathieu l'aborda dans la rue. Il offrit de transporter ses emplettes et l'accompagna jusqu'à sa porte. Ce n'était pas une rencontre fortuite, car il ne mettait jamais les pieds dans cette partie du Faubourg. Ils marchèrent en échangeant des propos banals. Devant la pension, au moment de la quitter, Mathieu se décida brusquement à vider son sac.

— Écoute… Tu connais Pat aussi bien que moi…

Sarah le dévisagea avec stupeur. À quoi voulait-il en venir?

— Des fois, entre filles… Je veux dire, vous vous parlez… C'est plus facile.

Il sondait maladroitement le terrain. Sarah se taisait, curieuse d'entendre la suite. Comme il n'arrivait pas à trouver ses mots, elle lui dit de ne pas s'en faire. Il semblait soulagé en la quittant, un peu inquiet toutefois.

— Je te fais confiance… Je ne veux pas qu'elle sache que je… Ça pourrait la…

— Aucun problème, affirma-t-elle gravement tout en retenant un rire.

Elle attendit qu'il ait traversé la rue avant d'ajouter, la main en porte-voix :

— Oh, merci pour ton aide !

— Pas de quoi !

Il revint sur ses pas et lui rendit son sac. Elle en rigolait encore en gravissant les marches du perron. Louis, qui guettait son retour, lui évita de chercher sa clé.

— Service de livraison à domicile ? demanda-t-il en l'embrassant.

— Non, le chum d'une copine.

Elle crut percevoir une lueur de soulagement dans son regard. Mais avant qu'elle puisse s'en étonner, Louis chantait dans la cuisine en vidant le sac d'épicerie de son contenu.

C

Le surlendemain, à la sortie des classes, Patricia lui fit signe de l'attendre.

— Il fait trop beau pour aller s'enfermer. Viens-tu marcher un peu ?

Sarah s'accordait toujours une pause avant de commencer son travail de plongeuse. Elles flânèrent dans le parc, et le soleil était si chaud pour un mois de mai que tout le quartier semblait s'être donné le mot pour en profiter. Malgré la bonne humeur ambiante et les cris de joie des bambins qui couraient en tous sens, Patricia arborait sa mine des mauvais jours.

— Il y a beaucoup d'agressivité dans l'air ces temps-ci…

Sarah devina qu'elle faisait allusion à Mathieu.

— En fin d'année, tout le monde est sur les nerfs, fit-elle en haussant les épaules. C'est dur de passer du secondaire au cégep. Il faudrait déjà être branché, avoir choisi une carrière, mais c'est loin d'être aussi simple qu'on essaie de nous le faire croire. Je suis chanceuse, au fond : pour moi, c'est la médecine et rien d'autre.

— Pareil pour moi avec le journalisme. Penses-tu que les gars sont plus sensibles à la transition ? Penses-tu qu'ils s'en font plus que nous ?

Pour Sarah, la crainte qui paralyse tant de jeunes au moment du grand saut dans l'inconnu était plutôt une question de personnalité que de sexe. Mais comme Patricia demandait à être rassurée, elle choisit ses mots avec soin.

— Possible, dit-elle. Ils se sentent peut-être obligés de dissimuler leurs angoisses pour éviter de paraître faibles et de perdre la face devant leurs blondes.

Après cette conversation, Patricia avait commencé à regarder Mathieu d'un autre œil. Sarah la voyait attentive, mais de loin, avide de comprendre ce qui se passait dans l'esprit de son amoureux. Ils ne se parlaient toujours pas, mais une petite danse de rapprochement était en cours : un pas en avant, un pas en arrière, un saut de côté, saluez-vous et recommencez.

14

« Je suis malade… »

Ce midi-là, un mercredi, ils étaient tous dispersés dans la cafétéria : Élodie examinait des échantillons de tissu avec Michelle sans perdre de vue la table où Yannick rêvassait devant son assiette intacte. Stéphanie jouait aux cartes avec Patricia, qui affichait un visage lugubre. Mathieu, arrivé le dernier, s'attardait au comptoir de service.

Sarah, qui se sentait oppressée depuis son réveil, s'était assise un peu à l'écart. Un livre ouvert indiquait aux autres qu'elle préférait étudier plutôt que de bavarder. En réalité, elle aurait été incapable de se concentrer sur un simple menu de restaurant. Le bourdonnement des voix l'agaçait, elle aurait voulu pouvoir presser un interrupteur de bruit. Son cœur battait la chamade, son sandwich à la confiture de bleuets lui donnait la nausée. Pourtant, elle avait si faim qu'elle aurait volontiers englouti deux assiettées du ragoût de bœuf aux légumes dont l'odeur la faisait saliver. Elle en aurait une part ce soir, après son travail de plongeuse. Toute à ses préoccupations, elle ne vit pas Mathieu se glisser près d'elle et poser un plateau bien garni sur la table.

— Salut! Tu penses à faire laminer ton sandwich?

Il piquait un morceau de viande, le portait machinalement à son nez. Sarah fronça les sourcils, et Mathieu suspendit son geste.

— Tu te demandes pourquoi je flaire ma bouffe comme un chien avant de l'avaler? Je suis devenu parano après avoir failli crever pour avoir mangé un truc dégueu qui avait pourtant l'air plus frais et plus en forme que toi et moi. Pat me dispute… me *disputait* toujours là-dessus, mais c'est mécanique. Je ne m'en rends même plus compte.

— Tu viens de t'en rendre compte, il me semble, répliqua Sarah en se décidant à mordre dans son sandwich.

— J'ai eu peur de te dégoûter.

Elle lui jeta un regard sceptique.

— Pourquoi moi plus que les autres?

Il haussa les épaules.

— Peut-être parce que, contrairement aux autres, tu n'as pas poussé les hauts cris ou menacé de perdre connaissance.

Sarah leva les yeux au ciel. Matt exagérait toujours pour se rendre intéressant.

— C'est tout ce que tu manges? la gronda-t-il. Un sandwich à la confiture sur pain blanc et un petit gâteau à la crème?

Elle ne répondit pas, mécontente de cette observation sur la médiocrité de son repas. Elle venait de payer son loyer et raclait ses fonds de tiroir pour la bouffe. Louis, presque aussi désargenté qu'elle, ne se rendait pas compte des privations qu'elle s'infligeait. Ils ne mangeaient ensemble que rarement, puisque le travail de Sarah la retenait à l'école après les heures de classe et lui permettait de souper sur place.

— Trop de sucre, c'est poison, poursuivait Mathieu. Le pain blanc, la confiture, le gâteau : rien de nutritif là-dedans.

— Oui, papa.

— Tu bouffes du sucre, ça te réconforte et après tu te sens tout croche, tu as des vertiges, les mains qui tremblent, la tête dans un étau. Tu te jettes sur du chocolat, des biscuits ou des bonbons pour te calmer l'estomac; tu reprends des forces, mais tes malaises rappliquent deux heures plus tard. Tu ne sais pas ce qui se passe, tu te sens devenir dingue, tu as des angoisses, des bouffées de chaleur, tu n'arrives plus à te concentrer et tu voudrais mourir.

Sarah sentit une sueur froide lui glacer la nuque. Mathieu venait de décrire une partie de ses symptômes et de ses habitudes alimentaires avec une telle précision qu'elle le soupçonna de l'épier en secret. Personne ne pouvait deviner à quel point elle souffrait; elle était certaine de ne rien laisser transparaître de ses malaises et de son angoisse. Mathieu était-il plus perspicace que les autres?

— Qu'est-ce que tu sais de ma vie? répliqua-t-elle avec humeur.

Mais elle comprit, à son air ahuri, qu'il avait utilisé le «tu» au sens large et non pour la désigner personnellement.

— Je ne sais rien de ta vie, reprit-il en baissant la voix. Mais je suis hypoglycémique, et il se trouve que j'en connais un bout sur les ravages du sucre dans le corps humain. Je m'excuse, mais j'ai horreur de voir une personne se détruire la santé, à plus forte raison si cette personne-là fait partie de mes rares et fidèles amis.

— Tu ressens vraiment tout ça, toi *aussi*? souffla Sarah.

Le *aussi* lui avait échappé, elle s'en mordit les lèvres. Mathieu la dévisagea avec attention.

— Tu te sens malade? J'ai mis en plein dans le mille?

Elle battit des cils, incapable de répondre, furieuse de sentir les larmes déborder sur ses joues. Il lui tendit une serviette de table.

— Pleure pas, les autres vont croire que je te fais des misères. Ma réputation est déjà assez compromise…

Sarah eut un rire étranglé. Mathieu lui tendit un verre d'eau et la frotta énergiquement entre les omoplates. De loin, on aurait pu croire qu'elle avait avalé de travers et qu'il venait à son secours.

— Je ne veux pas te lancer sur une fausse piste, mais si tu te sens mal à ce point-là, tu souffres peut-être d'hypoglycémie. Ce n'est pas la fin du monde, je te le jure. Je peux même te recommander un excellent médecin, le Dr Chicoine.

Sarah but son eau à petites gorgées en s'efforçant de contrôler ses tremblements. La faible lueur d'espoir entrevue aux premières explications de Mathieu s'estompait déjà. En le regardant se lever et se diriger vers le comptoir de service, elle se dit qu'il paraissait trop en forme pour être aussi souffrant qu'elle. Personne ne pouvait comprendre à quel point elle en arrachait. Sa vie ne tenait qu'à un fil et, s'il n'y avait pas eu Louis, sa gentillesse, ses caresses, et surtout la promesse faite dans son cœur à sa mère, elle aurait probablement songé à couper le fil une fois pour toutes. Louis était un miracle, mais Mathieu, avec ses manières souvent déplaisantes, ses farces plates et ses manies, ne lui inspirait pas une très grande confiance. Malgré l'affection qu'elle lui portait, elle ne souhaitait pas s'identifier à lui.

— Si tu savais comme je me sens mieux depuis que j'ai un bon régime alimentaire, reprit-il en revenant avec un bol de soupe aux légumes et deux pommes sur un plateau.

Il le déposa devant elle.

— Mange.

Elle refusa d'un geste, mais le fumet appétissant de la soupe la décida à plonger sa cuiller dans le bol.

— Ça se guérit, ta… maladie?

— Ça se contrôle, comme le diabète. J'ai de la documentation chez moi sur l'hypoglycémie, je vais te l'apporter demain; lis-la et tu jugeras par toi-même si ça colle avec tes malaises. De toute façon, il faut que tu te soignes, Sarah, tu ne peux pas rester comme ça.

— As-tu… avais-tu des sautes d'humeur?

Elle connaissait pourtant la réponse à cette question.

— Mets-en! Et tu peux en parler au présent. Des hauts et des bas, des crises de colère, de l'abattement. Ça m'arrive encore, surtout quand je néglige mon régime ou que j'ai des raisons particulières d'être angoissé: les examens, par exemple. Ça fait seulement six mois qu'on a diagnostiqué mon hypoglycémie.

— Patricia est au courant?

— De mes sautes d'humeur, ça oui! Du reste, non.

Sarah manifesta sa surprise.

— Tu ne lui as rien dit? Pourquoi?

Il eut un geste évasif.

— Elle est tellement pleine de santé, tellement…

— Parle-lui!

Mathieu repoussa son assiette vide.

— Trop tard. J'aurais l'air de me servir de ma maladie pour l'amadouer.

— Au point où vous en êtes, qu'est-ce que tu as à perdre?

Il lui fit signe de se taire. Patricia passait près de leur table en évitant de regarder de leur côté. Elle s'arrêta près du chariot à vaisselle sale, y lança bruyamment son plateau et sortit. Sarah poussa Mathieu du coude.

Après une brève hésitation, il sortit en traînant les pieds et en se traitant mentalement de *gros tata*. Il n'avait aucune idée de ce qu'il allait raconter à Patricia. Voudrait-elle seulement l'écouter? Alors qu'il longeait le corridor en cherchant une solide entrée en matière, l'incident du snack-bar lui revint en mémoire. Cette fille, avec laquelle il s'était attardé uniquement pour agacer sa blonde, était une simple connaissance. Il l'avait rencontrée à une réunion de l'association des hypoglycémiques. L'avouer à Patricia, c'était à la fois la rassurer et lui dévoiler son état. Pourvu qu'elle comprenne et lui pardonne. Elle comptait vraiment pour lui, assez pour qu'il se résolve à lever le voile sur le grand projet qu'il mûrissait en solitaire depuis des semaines. Il allongea le pas, pressé de la retrouver avant que la cloche ne sonne.

15

« Stone, le monde
est stone… »

— **T**u rentres bien tard !

Elle crispa la main sur la rampe, saisie par cette voix enveloppée d'obscurité. Louis se tenait au pied de l'escalier, en culotte de pyjama, les cheveux en bataille. Sarah fronça les sourcils. D'où sortait-il ? Mis à part la veilleuse du hall, qui diffusait une lueur rose, toutes les lumières de la maison étaient éteintes depuis belle lurette. Elle avait pris la précaution d'enlever ses bottines avant de monter. Il était deux heures du matin.

— Tu m'as fait peur ! lui reprocha-t-elle.

Il la rejoignit en deux enjambées.

— Je ne pouvais pas dormir. J'étais trop inquiet…

Il attendait une explication, mais Sarah n'était pas d'humeur à se justifier. Elle poursuivit son ascension sans se préoccuper de Louis qui la talonnait.

— Tu as reçu une lettre, dit-il. Une enveloppe blanche, anonyme, sans adresse et sans timbre, à ton nom.

Une lettre anonyme? Sarah fit brusquement demi-tour. Le courrier des locataires était toujours déposé sur la petite table de l'entrée; elle avait négligé d'y jeter un coup d'œil en passant. Elle recevait très peu de lettres et, depuis la réponse affirmative du cégep à sa demande d'admission, elle n'attendait rien d'autre que des nouvelles de son grand-père. Louis la retint par le bras.

— Je l'ai montée dans ma chambre.

— Pourquoi faire?

Ils parlaient à voix basse, par respect pour le sommeil des autres pensionnaires.

— Pour rien. Pour te rendre service.

Sarah se sentit irritée. Elle soupçonnait Louis d'avoir agi par curiosité. Une lettre sans adresse, sans affranchissement…, il y avait de quoi se poser des questions. Il aurait pu la glisser sous sa porte au lieu de la garder chez lui. Espérait-il qu'elle l'ouvre en sa présence?

— Tu es fâchée? chuchota-t-il alors qu'ils arrivaient à sa chambre sans avoir trouvé autre chose à se dire.

— Mais non! Donne-moi ma lettre, je vais me coucher.

— On ne dort pas ensemble?

Ils avaient pris l'habitude de passer la nuit tantôt chez l'un, tantôt chez l'autre, simplement pour dormir, pour s'apprivoiser l'un l'autre, mais Sarah secoua la tête. Elle avait besoin de se retrouver seule dans son lit, pour mieux réfléchir à tout ce qu'elle venait de vivre. Louis l'entoura de ses bras.

— Viens donc…

Elle ne répondit pas, mais se laissa aller contre lui. Il la tenait serrée, embrassait son front, ses tempes, respirait ses cheveux comme pour s'enivrer de leur parfum. Il se figea soudain, sa main se contracta derrière la nuque de Sarah.

— Qu'est-ce qui se passe? Tu viens de voir un fantôme?

— Tu sens la cigarette! lui reprocha-t-il en desserrant son étreinte.

Sarah comprit ce qui se passait dans la tête de Louis, elle aurait pu le répéter presque mot pour mot: «Ma blonde rentre à une heure impossible, elle reçoit une lettre mystérieuse, elle empeste la fumée, donc…» Il était jaloux! «Ça ronge comme un acide», lui avait affirmé Michelle. Sarah éprouvait une envie folle de rassurer Louis, tout en pressentant que ce serait une grave erreur de sa part. Il devait apprendre à lui faire confiance, sinon leur relation deviendrait vite infernale.

— Bonne nuit, mon Lou…, fit-elle en se haussant sur la pointe des pieds pour l'embrasser sur la bouche.

Elle avait mis toute sa tendresse et tous ses *je t'aime* dans ce baiser, mais Louis conservait son air boudeur. «Tant pis pour lui, décida-t-elle en cherchant sa clé dans son sac à dos. J'ai assez de mal à contrôler mes propres angoisses, je ne vais pas endosser les siennes en plus.»

— Tu oublies ton courrier, lui rappela-t-il en entrebâillant à peine sa porte pour se glisser à l'intérieur de sa chambre.

Sarah attendit dans le corridor, trop secouée par les événements de la soirée pour se formaliser de l'attitude de Louis. Il lui tendit l'enveloppe sans desserrer les dents, avec un regard de chien battu. C'était une enveloppe ordinaire, cachetée, avec son prénom à l'encre noire et en caractères bâtonnets. Louche, louche, louche…

— Tu l'as trouvée sur la table dans l'entrée? insista-t-elle, méfiante.

— Quelqu'un me l'a remise pour toi. Un beau grand gars, si tu veux savoir…, probablement un admirateur.

Sarah rougit sans raison. À l'exception de Mathieu, aucun de ses amis ne connaissait son adresse.

— Bonne nuit! conclut Louis en refermant sa porte.

«Oh, va au diable!» murmura-t-elle. Il lui tardait de se retrouver seule.

Sa chambre lui parut étouffante; sans allumer, elle jeta l'enveloppe intacte sur son lit et ouvrit la fenêtre pour plonger son visage et ses cheveux dans la fraîcheur de la nuit. Les yeux fermés, elle aspirait avec délices. Et l'air coulait en elle, l'oxygène lavait son cœur et ses poumons, purifiait son sang. Sarah se sentait revivre. Elle revenait de loin.

C

Après sa conversation à la cafétéria avec Mathieu, Sarah avait ressenti les premières manifestations d'un violent accès de panique. À son grand désarroi, de vilaines plaques d'urticaire étaient apparues sur son cou, la mettant au supplice pour le reste de l'après-midi. Pour une fois, la Cantin aurait été bienvenue avec sa pharmacie de contre-bande, mais elle n'offrit même pas l'aumône d'un regard à Sarah. Dans la morosité générale, la panique pâlit et s'estompa, imitée par l'urticaire.

À cette heure, il lui en restait à peine une trace rouge sous le menton, une démangeaison légère que le bain d'air soulagerait. Elle eut quelque mal à refermer la fenêtre, se dévêtit dans l'obscurité et gagna à tâtons la salle de bains. Au diable Mathieu et la peur abominable qu'il avait réveillée en elle! Malgré tout, elle y repensa sous la douche, laissant l'eau ruisseler sur son corps comme l'air avait caressé son visage.

Loin de la réconforter, l'idée qu'elle puisse souffrir d'un mal spécifique doté d'un nom long comme le bras l'effrayait et la révoltait. C'était vraiment trop bête! Sur la foi de quelques tests, elle serait médicalement cataloguée : avec un peu de chance, hypoglycémique. Mais dans le cas contraire…, à quoi imputer ses affreux malaises ? À un dérèglement mental ? Décidément, Sarah en avait jusque-là du malheur et de la souffrance. Les sucreries et les douceurs lui faisaient du bien, compensaient l'amertume de sa vie. L'en priver pour cause de maladie, ce serait la punir de chercher ses petits bonheurs là où ils lui étaient accessibles. Non, décida-t-elle en séchant vigoureusement ses cheveux à la serviette, elle ne consulterait pas ce *fichu* médecin recommandé par Mathieu, parce qu'il serait parfaitement *fichu* de lui coller sur le dos une *fichue* maladie dont elle n'avait rien à *cirer*. Il y a une limite à ce qu'une personne peut endurer !

Alors qu'elle enfilait son peignoir, Sarah sentit son estomac se contracter. Elle n'avait rien d'autre qu'une pomme à lui offrir, et cette offrande était possible grâce à la générosité de Mathieu. Encore lui ! Tout en croquant son fruit, Sarah déchiquetait à belles dents les affirmations de son ami.

Contrairement à ce qu'il prétendait, le bol de soupe et la première pomme n'avaient eu aucun effet bénéfique ; ces histoires de régime ne tenaient pas debout, elle mourait de faim. Son organisme réclamait du sucre. À quoi bon se leurrer ? Elle allait mourir, de toute façon ; quand ou comment, elle ne voulait pas le savoir.

Entre deux cours, elle s'était enfermée dans les toilettes pour dévorer deux barres tendres enrobées de chocolat. Elle se sentait comme une hors-la-loi et en voulait à Mathieu. C'était *sa* vie, n'est-ce pas ?

C'était *son* corps. Qu'il règle donc ses propres problèmes avant de s'occuper de ceux des autres!

Sarah se glissa sous les draps. Enveloppée par le silence nocturne de la maison, elle se remémora chacun des instants de cette étrange soirée. Elle se voyait agir rétrospectivement, retrouvait les moindres sensations éprouvées, mais avec un détachement tel qu'il lui semblait lire dans sa mémoire une histoire écrite par elle et jouée par une inconnue.

Une fin d'après-midi trop longue à venir… La sonnerie libératrice.

La montagne de vaisselle sale à la cafétéria lui soulève le cœur. Elle en met une partie à tremper dans l'évier, empile le reste sur le comptoir et s'enfuit sans avoir touché à son repas. Elle n'emporte que ses propres affaires, son sac à dos, le maigre contenu de son casier et de son pupitre. C'est vraiment une fugue. Elle ne reviendra plus à l'école. Les études, le travail, c'est fini, elle abandonne. Tout est dur, si dur, trop dur. Simone Cantin a raison, elle n'est qu'une souris: effacée, vite effarouchée, trottinant menu, le profil bas, craignant toujours de se faire happer par les dents du chat ou par celles du piège. Sa vie est un énorme chat, sa vie est un terrible piège. Elle se tord impuissante entre leurs griffes.

Une fois dehors, elle hésite. Vers où diriger ses pas? Elle n'a surtout pas envie de regagner son trou dans cette maison bruyante où elle n'est qu'une pensionnaire parmi d'autres. Il y a Louis, pourtant, qui va s'inquiéter de ne pas la voir rentrer à l'heure habituelle. Au lieu de l'attendrir, cette pensée l'irrite. Louis n'est pas son gardien, il n'a aucune autorité sur elle. Lui téléphoner, c'est s'exposer à une avalanche de questions. Or, elle n'a aucune réponse satisfaisante à fournir à qui que ce soit. Et puis, la gentillesse et la sollicitude de Louis ne lui seraient d'aucun secours en ce moment; elles ne feraient qu'accentuer son désarroi.

Elle s'attarde sur un banc de parc, à peine consciente des allées et venues autour d'elle. Une sensation de faim la pousse à se lever, à marcher encore. Il lui reste une soixantaine de dollars dans son compte en banque, une sorte de coussin pour amortir le choc d'un imprévu. Elle les retire d'un guichet et glisse les billets neufs et craquants dans sa poche de jean, ravie de se sentir plus riche qu'elle ne l'a jamais été. « Princesse d'un jour, pense-t-elle, et pourquoi pas? » Flamber tout son argent, agir comme si demain n'existait pas, c'est faire un grand pied de nez à la misère morale et physique qui s'acharne sur elle.

Les boutiques ferment tôt les soirs de semaine; elle a à peine le temps de s'acheter un bracelet de cuivre semblable à celui qu'elle a tant de fois admiré au poignet de Simone Cantin. Un chapeau cloche et des lunettes fumées complètent son nouveau look et lui donnent un petit air conquérant. Voilà pour Simone, Stéphanie, Patricia, Élodie, pour toutes les filles de son âge dont la beauté rêve d'accessoires. Sa réserve naturelle oubliée, elle entre de pied ferme dans une pizzeria et commande une bambino toute garnie qu'elle déguste près de la fenêtre en observant les passants. Sa gorge se serre un peu à la pensée que tous ces gens savent où aller. Ils avancent vers un but précis, alors qu'elle… Elle relève le menton. Eh bien, son but est justement de ne pas en avoir du tout.

Alors qu'elle sirote lentement un cola, son attention est attirée par un homme à la table voisine. Absolument immobile, il contemple le vide. Sarah lui trouve un air intellectuel très séduisant avec sa barbe de trois jours et son blouson de cuir avachi. De temps à autre, elle le voit s'arracher à sa rêverie et couvrir de notes mystérieuses le napperon de papier. Sans doute une idée de scénario ou de roman. Elle a envie de l'aborder sous un prétexte quelconque, pour lui demander l'heure par exemple. Mais la grosse horloge murale la dissuade d'employer ce stratagème cousu de fil blanc. Pourquoi cet homme la fascine-t-il autant ? Pour passer le temps, elle s'amuse à résoudre cette énigme. Contrairement aux autres clients du restaurant, il ne paraît pas pressé de terminer son repas. Le bruit de vaisselle, les courants d'air, les appels des serveuses le laissent indifférent. Il vit dans sa bulle. Il constitue un monde à lui seul. Cet homme n'a besoin de personne, et Sarah l'envie. La nuit tombe, elle a un sursaut en voyant l'homme sortir du restaurant sans un regard en arrière. Elle doit résister à l'impulsion de courir derrière lui pour le rattraper. Sa gorge se noue. Il ne s'est probablement jamais rendu compte de sa présence, encore moins de son existence. Elle n'existe pas, voilà tout. Et soudain, alors qu'elle attend au comptoir pour payer son addition, elle comprend que l'inconnu ressemble à son père, enfin, à l'image très floue qu'elle garde de lui.

Elle paie sa note et quitte les lieux. La pizza lui a donné soif et elle entre au dépanneur voisin. De l'eau embouteillée, le grand luxe ! Mais c'est sa soirée, n'est-ce pas ? Elle qui n'a jamais fumé s'entend commander un paquet de cigarettes, affirmer sans se troubler qu'elle a dix-huit ans. Comme le patron va exiger une preuve d'âge, la sonnerie du téléphone l'interrompt. Il décroche d'un air exaspéré, écoute quelques secondes avant de répondre en italien. Sans lâcher le combiné, il prend machinalement un paquet dans un tiroir et le tend à Sarah.

Une fois sortie, elle se rend compte qu'elle n'a pas d'allumettes et qu'elle a oublié son chapeau sur la table de la pizzeria. La serveuse débordée n'a pas encore desservi cette section. Sarah constate que son mystérieux inconnu a laissé un pourboire. Elle l'empoche sans réfléchir, pour garder un souvenir de lui. Il fait partie de sa nouvelle vie, même si cette vie est concentrée dans une unique soirée.

Son regard glisse sur le napperon couvert d'une écriture serrée. Elle se penche et lit : « Stone, le monde est stone ! », répété des dizaines de fois, avec des fioritures et des spirales semblables à de la fumée de cigarette. Un fou rire la saisit, elle pêche un carton d'allumettes dans un bol près de la caisse, et s'empresse de sortir.

Son euphorie est de courte durée. Après avoir fumé trois cigarettes tout en marchant, elle éprouve un nouveau malaise. Les tempes battantes, le cœur au bord des lèvres, elle se retrouve devant le terminus Voyageur sans même savoir ce qui l'a incitée à s'y rendre. Son besoin de partir est-il assez puissant pour guider instinctivement ses pas ? Il ne lui reste plus que quelques dollars, pas de quoi s'acheter un billet. Elle pousse néanmoins la porte. L'odeur des lieux lui est familière ; elle l'associe au village où l'attend son grand-père. Feuilleter des livres à la librairie l'occupe une vingtaine de minutes. On ne lui pose aucune question. Son sac à dos et son chapeau lui donnent l'allure d'une voyageuse. De temps à autre, elle lève la tête et tend l'oreille à l'annonce des départs imminents : Shawinigan, Grand-Mère, Sainte-Foy, Québec, Chicoutimi, Rivière-du-Loup… Elle se sent libre, pour la première fois détachée de son quotidien. Comme l'inconnu de la pizzeria, elle crée autour d'elle une bulle que rien ne peut transpercer. Elle se proclame hors-la-loi. Et le paquet de cigarettes, acheté sur un coup de tête, fait partie du jeu. Il ajoute au charme de la délinquance d'un soir. Sarah évite de penser à demain, demain n'existe pas.

Elle s'attable au casse-croûte, avale trois cafés noirs, engloutit un énorme morceau de gâteau et ressort du terminus, le temps de tirer quelques touches en compagnie d'une dizaine d'accros à la nicotine. De retour à l'intérieur, elle ressent les premières manifestations de la pire crise de panique qu'elle ait jamais connue. C'est très subtil au début, un léger frémissement des membres. Elle se laisse tomber sur un banc, étire ses jambes, les remue et finit par les croiser. La tête lui tourne, elle a la nausée et n'ose pas se lever tellement le plancher bien ciré lui paraît instable, presque liquide. Elle-même se liquéfie lentement.

Le front moite sous son chapeau, Sarah force son esprit à se concentrer sur le bracelet de cuivre à son poignet. Elle fixe la bande de métal jusqu'à ce que les reflets de lumière lui deviennent insupportables. Elle finit par ôter bracelet et chapeau, les fourre dans son sac avec des gestes saccadés. Elle se sent épiée, tous ces *gens autour d'elle doivent bien se rendre compte qu'elle n'agit pas normalement. Dès qu'elle surprend un regard dans sa direction, Sarah croit y lire de la surprise ou un reproche. Elle baisse rapidement les yeux et s'efforce de prendre un air détaché. Elle regrette de ne pas avoir de miroir dans son sac, ce qui lui permettrait de vérifier discrètement les signes extérieurs de sa détresse. Elle doit avoir une mine de papier mâché.*

Un tintement de monnaie attire son attention. Elle aperçoit le téléphone public à l'entrée du casse-croûte. Marcher lentement, le dos bien droit, en respirant à fond... Se diriger vers l'appareil, consulter l'annuaire à la lettre T. Sarah s'applique un bon moment à répéter les gestes dans sa tête, elle les visualise pour se donner le courage de les poser.

Il lui reste très peu de monnaie. Le troisième Tousignant est le bon, heureusement.

— Mathieu?

— ... Sarah? C'est toi?

Elle cligne des yeux et avale sa salive pour chasser le bourdonnement de ses oreilles. Les lumières vont s'éteindre, elles baissent d'intensité, à moins que ce ne soit un signe avant-coureur d'évanouissement. Elle s'accroche au récepteur, sent quelqu'un la bousculer au passage.

— Viens tout de suite, viens vite, au terminus, au restaurant, j'ai peur.

Elle raccroche, le front en sueur, fait quelques pas et se retrouve adossée contre le mur extérieur du casse-croûte. S'efforçant de paraître détendue, elle se laisse glisser lentement au sol et remet son chapeau. Une jeune voyageuse en attente de son départ, le sac à dos sur les genoux, plus à l'aise sur le plancher que sur un siège de bois : c'est l'image qu'elle offre aux passants lorsque Mathieu se pointe, vingt minutes plus tard. Il s'accroupit près d'elle, lui tâte le front, les joues. Pas de fièvre, mais son regard est fixe, ses lèvres exsangues.

— Sors-moi d'ici, souffle Sarah d'une voix à peine audible. Je suis en train de crever.

— Viens, on va prendre un taxi.

Sarah grimace. L'odeur du petit sapin suspendu au rétroviseur, comme il est souvent d'usage dans ce genre de véhicule, révulse d'avance son estomac fragile.

— Veux marcher.

— Jusqu'à l'hôpital ou chez toi ?

— Sais pas.

Mathieu sort un berlingot de sa poche de veste, le perfore avec la paille et le lui tend.

— Tiens, bois. C'est un jus de fruits.

Et comme elle refuse d'un geste…

— Tu vas te sentir mieux, promis.

Au bout de quelques minutes, effectivement, la sensation de faiblesse s'atténue.

— Drôle de remède…

— Pas un remède, un dépanneur en cas d'urgence, rectifie-t-il en la soulevant par les aisselles. Viens, on va prendre l'air avant que l'agent de sécurité nous prenne pour des dopés.

Ils marchent très longtemps, sans but précis. Mathieu devine pourquoi elle l'a appelé, lui, plutôt qu'un autre : elle rend les armes. Pas de bonne grâce, cependant, puisqu'elle refuse de se laisser raccompagner. Elle a besoin de parler, d'être rassurée.

143

Mathieu ne sait pas où l'emmener. Pas chez lui, où ses parents poseraient des questions. Il envoie un texto à un vieux copain, « Scooter » Gonthier-Labrie, cycliste extrême et passionné de moto. Une minute plus tard, il entraîne Sarah avec un grand sourire.

— *Je t'emmène à l'Abri. C'est une maison de jeunes, on est à deux pas… Je n'ai pas la clé, mais je sais comment entrer, et Scoot m'a donné son O.K.*

Il pourrait l'emmener en Chine, elle s'en moque, pourvu qu'il reste près d'elle. Ses jambes ont une volonté propre, elles suivent machinalement la foulée de Mathieu. Une petite maison, toute noire dans la nuit, l'impression de se faufiler dans un trou de souris. Mathieu n'allume pas. Un lampadaire de rue éclaire vaguement la pièce.

A-t-elle dormi un moment? Elle ne s'en souvient plus, mais le tremblement de ses membres a cessé. Blottie dans les coussins moelleux du vieux divan qui sent la poussière, elle se laisse aller contre l'épaule de Mathieu. Elle aime son odeur. Elle n'écoute pas vraiment ce qu'il lui raconte, mais son esprit en enregistre des bribes.

— *Le café, les cigarettes, c'est ce qu'il y a de plus nocif, dit-il. Une vraie bombe. À bannir complètement, comme l'alcool. Que tu sois ou non hypoglycémique, et c'est ce que ton médecin te dira, tu as intérêt à surveiller ce que tu consommes. Vois-le comme un début, Sarah, pas comme une fin. Comprends-tu? Le début d'une ère nouvelle, d'une meilleure santé, d'une vie plus heureuse. Je sais que c'est dur à croire, mais, quel que soit ton problème, tu peux le régler. Tu vas t'en sortir, Sarah. Je te le promets.*

— Je ne suis pas folle, hein, Mathieu? Penses-tu que je suis folle?

— Jamais de la vie!

Il la serre contre lui et l'embrasse amicalement sur la joue, au bord de l'oreille. Comment en arrivent-ils aux caresses, aux baisers fous dans la pénombre? Sarah s'accroche désespérément à Mathieu, le seul être au monde capable de la comprendre et de l'aider. Elle boit son énergie, respire sa force. Et lui se sent comme un héros, une sorte de Superman d'un soir.

Ils s'arrêtent pourtant avant de commettre l'irréparable.

— Désolé, *murmure Mathieu en s'écartant d'elle.* Je ne pense pas qu'on devrait aller plus loin.

Il se lève et arpente la pièce en tous sens, comme s'il cherchait la sortie.

— Moi non plus, *répond Sarah en se réfugiant à l'autre bout du divan, un coussin sur les genoux en guise d'armure.*

— Mais on aurait pu…

Ils l'ont dit en même temps, l'évidence a jailli spontanément de leur bouche encore palpitante de baisers. C'est vrai, ils auraient pu. Ils peuvent encore. Ils pourraient… Attraction irrésistible. Mais une autre loi, encore plus puissante, a freiné leur ardeur.

— Je craque un max pour toi, *avoue Mathieu.* Nous deux, c'est comme… Mais c'est Patricia qui est… genre, c'est avec elle que… C'est elle qui…

Comme il perd rapidement ses moyens et ses mots dès qu'il s'agit d'exprimer ce qu'il ressent! Malicieusement, Sarah lui tend une perche.

— *Tu veux dire que tu l'aimes? Que tu en es a-mou-reux?*

— *Tu parles d'une question, c'est ma blonde!*

— *O.K., répète après moi : « J'aime Patricia. C'est elle que j'aime. »*

— *Mais je viens de te le dire!*

— *Tu fais tout sauf le dire!*

— *Je l'aime, O.K.? J'aime Patricia.*

Sarah lui lance le coussin à la tête.

— *Moi, c'est Louis que j'aime.*

— *Lui? Qui ça, lui?*

Il lui relance le coussin. Elle l'attrape, et le jeu se poursuit.

— *Pas « lui »: Lou-is!*

— *Louis?*

— *Oui, Louis.*

— *Louis Qui?*

Ils finissent par hurler de rire à se rouler par terre, tellement la répétition de ce seul prénom leur paraît hilarante. La crise est passée. Sarah est prête à rentrer au bercail.

C

Sarah émit un petit gloussement dans l'ob-scurité de sa chambre. Quelle histoire! Le réveil aux aiguilles lumineuses indiquait trois heures du matin. Difficile à croire, mais son escapade avait à peine duré douze heures. Une demi-journée pen-dant laquelle le temps avait perdu toute consistance et toute mesure.

Tournant d'un côté et de l'autre pour adopter une position plus confortable, elle sentit un froissement de papier sous sa hanche. L'enveloppe! Elle revit l'expression malheureuse de Louis, et la curiosité l'emporta sur son besoin de sommeil. Elle alluma sa lampe, redoutant un autre coup de Simone.

Il n'y avait pas de lettre à l'intérieur, pas de menaces anonymes. Uniquement deux rectangles de carton dans une feuille vierge pliée en trois. Des billets de spectacle? Les yeux brouillés de fatigue, Sarah se pencha sous le faible halo de lumière pour déchiffrer les lettres imprimées en petits caractères. Une expression de stupeur se peignit sur son visage, et sa main lâcha les cartons qui atterrirent côte à côte sur la carpette.

Deux entrées pour le bal des finissants...

16

« Maman, maman, veux-tu que j'aille danser ? »

Louis n'eut pas la chance de s'expliquer avec Sarah le lendemain matin, comme il l'espérait. Un des autres pensionnaires l'avait vue sortir en trombe de la maison bien avant son heure habituelle. Louis se reprocha aussitôt sa maladresse de la veille. De toute évidence, Sarah le fuyait. Il était loin de se douter qu'elle courait simplement vers son travail négligé, alourdie par le poids de tout ce qu'elle avait rapporté de l'école en croyant ne jamais y retourner. Au moment où Louis prenait sa douche en se traitant d'imbécile, elle avait déjà les deux mains plongées jusqu'aux coudes dans l'eau savonneuse.

Sarah s'était réveillée très tôt, consternée à la pensée de toute la vaisselle sale laissée en plan à la cafétéria. Cela ne lui était jamais arrivé de négliger ou de fuir ses responsabilités. Elle redoutait les conséquences de son geste irréfléchi. Elle ne pouvait se permettre de perdre son emploi, surtout après avoir dilapidé le peu d'argent qu'il lui restait en banque! À son grand soulagement, la superviseure accepta sans broncher ses explications embrouillées, insistant même pour qu'elle mange un muffin et avale un jus d'orange avant de se mettre au boulot.

La cafétéria de La Passerelle avait toujours été ouverte aux étudiants avant le premier cours du matin, mais le service de déjeuner complet était encore assez récent. La direction soutenait, avec raison, qu'un bon petit déjeuner rend l'esprit plus apte au travail. Depuis l'ouverture matinale de la cantine et la disparition progressive des distributeurs de boissons gazeuses, de croustilles et de chocolat, on notait moins d'absences et le rendement scolaire des étudiants s'améliorait sensiblement.

Sarah eut un moment d'embarras en passant près de la table où Patricia et Mathieu discutaient passionnément. Pat cessa de parler net en l'apercevant. Matt, très détendu, lui désigna une chaise.

— Stationne ton bazou.

— Je ne veux pas vous déranger.

Pat lui sourit en tapotant la chaise libre.

— On a l'air mystérieux, comme ça, mais tu vas comprendre pourquoi bientôt. Tout le monde va le savoir et tout le monde va nous envier.

— Grande langue! fit Mathieu en lui ébouriffant les cheveux.

— Je n'ai rien dit!

— Moi non plus et je ne dirai rien! répliqua-t-il en clignant de l'œil.

Sarah saisit l'allusion et en fut soulagée.

C

Louis faisait les cent pas devant La Passerelle en consultant sa montre toutes les trente secondes. Combien de temps faut-il pour venir à bout d'une énorme pile de vaisselle sale? D'après son estimation, Sarah devait être sur le point de terminer son travail. C'était la première fois qu'il venait la chercher, et il se réjouissait à l'avance de lui faire cette surprise. Mais si elle s'en offusquait? Difficile à prévoir, à en juger par sa réaction de la veille.

Il était si préoccupé qu'il ne la vit pas sortir. Elle passa près de lui sans remarquer sa présence. Il émit un sifflement admiratif et vit son dos se raidir imperceptiblement, mais elle l'ignora.

— Beau chapeau! s'exclama-t-il en courant pour la rattraper.

Au son de sa voix, elle s'arrêta pile et se retourna.

— Louis? Qu'est-ce que tu fais là?

— Je passais dans le coin et je me suis dit...

— Tu es venu m'attendre?

Elle ne paraissait pas ravie de cette initiative.

— Je voulais m'excuser pour hier soir. Je ne veux pas que tu penses que je t'épie, que je me mêle de tes affaires.

— Gros bébé, rétorqua-t-elle en glissant sa main dans la sienne. Tu brûles de savoir ce qu'il y avait dans l'enveloppe.

— Quelle enveloppe?

— Louis, je suis épuisée, O.K., j'ai eu une grosse journée, je n'ai pas envie de jouer à ce petit jeu-là.

— Moi aussi, je suis fatigué. C'est parce qu'on s'est couchés aux petites heures du matin.

Sarah retira brusquement sa main. Pressant le pas, elle traversa la rue avant l'intersection.

— Qu'est-ce qui te prend? Attends-moi!

Sarah s'immobilisa, le feu aux joues, devant l'abribus désert.

— T'es pas mon père, Louis Lecours! Je me couche à l'heure que je veux, O.K.? Tant pis si ça te dérange.

— Je suis ton amoureux. Il me semble que ça compte.

Une queue se formait déjà sur le trottoir. Sarah préféra se réfugier dans l'abribus. Le soleil plombait à travers les vitres sales, le sol était jonché de détritus. Louis vint s'asseoir près d'elle. Elle se releva d'un bond.

— Ça ne te donne pas le droit de me soupçonner de te jouer dans le dos chaque fois que je mets le nez dehors!

Sarah avait haussé le ton. Pour tromper leur ennui, certains usagers tendaient l'oreille pour capter des bribes de leur conversation, échangeant des sourires et des mimiques amusées.

Louis se pencha vers elle et lui dit à l'oreille :

— Je *sais* ce qu'il y avait dans l'enveloppe.

— Tu as *ouvert mon* enveloppe ? s'indigna-t-elle.

— Non : je l'ai *cachetée*.

Elle mit quelques secondes avant de comprendre.

— C'est toi qui… ?

Elle se couvrit les yeux.

— Ma mise en scène était pourrie, je le reconnais, mais c'est mon cadeau de graduation.

Où sont les mouchoirs quand on a besoin d'eux ? Louis vint à sa rescousse, et Sarah se moucha énergiquement avant de se jeter dans ses bras. Il lui tapota le dos.

— J'avais tellement hâte de te voir la binette que j'ai rongé mon frein toute la soirée. Si je t'ai attendue, ce n'est pas par jalousie mais parce que j'étais mort d'inquiétude. J'ai failli appeler la police ! Ça ne te ressemble pas de disparaître comme ça, sans donner de nouvelles.

— Oh, Louis… Pardonne-moi… Ç'a dû être affreux.

— C'est fini, là. On n'en parle plus.

L'autobus arrivait. Ils prirent place en queue de file. Sarah rayonnait.

— Je me demande bien qui je vais pouvoir inviter…

— Ton admirateur secret, peut-être ?

— Lequel ? J'en ai tellement !

Ils arrivaient à la pension, excités comme des puces, et Louis cherchait sa clé lorsque Sarah se frappa le front en poussant un long gémissement.

— Oh non, c'est trop *stupide*!

Voilà qu'elle parlait comme Mathieu, à présent.

— Quoi, qu'est-ce qu'il y a? T'as oublié quelque chose à l'école?

— Je n'ai *rien* à me mettre!

Ce soir-là, assis l'un contre l'autre sur la carpette usée de la chambre de Louis, ils se lancèrent dans des calculs compliqués en buvant de la limonade. L'achat des billets pour le bal avait sérieusement écorné les économies de Louis. Sarah ne possédait plus que quelques dollars dans son compte de banque. Elle ne voulait pas faire appel à la générosité de son grand-père, qui puisait déjà dans ses maigres ressources pour lui verser une pension mensuelle. Le brave homme se serait saigné à blanc pour faire plaisir à sa petite-fille, mais Sarah aurait trouvé injuste qu'il se prive du nécessaire pour lui permettre de se pavaner en robe de gala l'espace d'une unique soirée.

— Je vais faire des heures supplémentaires à la quincaillerie, affirma Louis. Depuis que la session est terminée, j'ai beaucoup de temps libre, et on m'a promis un poste à plein temps dès la semaine prochaine.

— Il n'est pas question que tu paies ma tenue de bal, O.K., tu en as déjà assez fait en achetant les billets.

Malheureux de son refus, Louis l'accusait d'orgueil mal placé. Elle resta inflexible. Une fille a sa fierté !

— Laisse-moi trouver *ma* solution. C'est une question de dignité.

En prononçant ce mot, elle sentit qu'il en émanait une énergie bienfaisante. Plus tard, debout devant son miroir, elle le répéta à plusieurs reprises : dignité, dignité, dignité… Peu à peu, son maintien se raffermit. Il lui sembla qu'elle grandissait, que l'énergie du mot coulait en elle et aiguisait toutes ses perceptions. À force de fixer le même point, ses yeux se brouillèrent légèrement. Le visage qu'elle vit apparaître alors, comme dans une transe, remplit son cœur d'excitation. Elle aurait sa robe, elle savait où aller la chercher.

17

« Baby, you can fly
on your own… »

Jean-Yves Tousignant repoussa brusquement son bol encore à moitié plein de crème de brocoli. Une vague se créa, faisant déborder le liquide. Pinçant les lèvres, Margot tendit une serviette de table à Mathieu, qui la déposa sur la flaque sans regarder son père. Celui-ci, le regard fixe et la mâchoire crispée, contemplait le bout de tissu qui s'imbibait lentement de soupe. Un silence lourd planait sur la salle à manger, attirant l'attention sur les commentaires en sourdine d'un animateur de jeu télévisé.

Mathieu saisit la télécommande et coupa le son. Son père n'aimait pas les discussions à table, et la télévision n'était qu'un prétexte pour les éviter. L'adolescent aurait peut-être dû choisir un meilleur moment pour annoncer sa nouvelle, mais lequel ?

Ses parents, très absorbés par leur entreprise, n'étaient accessibles qu'à l'heure des repas.

— Ça ne sert à rien de t'énerver, papa. Mon idée est faite. Je pars pour la Californie aux alentours du 15 août.

Il prit une tranche de pain brun dans la corbeille et la déposa près de son assiette. Sa mère se racla la gorge. Elle cherchait le regard de son mari, mais celui-ci gardait les yeux obstinément baissés. C'était très mauvais signe. Sur l'écran muet, à l'autre bout de la pièce, les concurrents s'agitaient de façon grotesque.

— Voyons, Matt, ça n'a pas de bon sens. Tu ne peux pas nous faire ça, à ton père et à moi!

Mathieu entreprit de déchiqueter sa tranche de pain, comme s'il s'apprêtait à la jeter aux oiseaux. Il avait prévu la réaction de ses parents, leurs moindres objections, mais ses arguments étaient prêts.

— Je ne vous fais rien du tout, maman. Je m'en vais juste en Californie, ce n'est pas la fin du monde! Je ne suis quand même pas le premier à qui ça arrive. Pas le dernier non plus.

Jean-Yves ne bronchait toujours pas, et son mutisme précurseur d'orage alourdissait l'atmosphère. Mathieu devinait son combat intérieur. Cet homme corpulent, sanguin, redoutait ses explosions de colère. La dernière l'avait conduite au bord de l'apoplexie. Margot s'essuya nerveusement la bouche.

— Mais ton cégep, Mathieu... Penses-y.

— Il n'y a rien là. Je prends simplement une année sabbatique.

Un bruit formidable fit bondir mère et fils sur leur chaise. Le poing de monsieur Tousignant venait de s'abattre sur la table, faisant valser salière et poivrière. Margot les redressa machinalement. Jean-Yves rageait, le visage cramoisi.

— Une année sabbatique! Elle est bonne, celle-là! Non, mais as-tu entendu ça, Margot? Ça n'a jamais travaillé de sa vie, jamais pris de responsabilités, et ça parle de prendre une année sabbatique!

Madame Tousignant hocha la tête à plusieurs reprises, comme si le fait d'approuver son mari suffisait à conjurer sa colère. C'était souvent le cas, mais pas ce soir.

— Pardon, pardon! éclata Mathieu. Je travaille à temps partiel depuis l'âge de quinze ans et je me considère comme un gars parfaitement responsable! J'ai des économies. Tu serais surpris de connaître le montant de mon compte en banque. J'ai le droit de me payer un petit voyage si ça me chante.

— Un petit voyage? Tu appelles ça un petit voyage? hurla son père en se soulevant à demi sur sa chaise.

— Ta pression, cher…, lui rappela sa femme. Tu vas encore la faire monter.

Jean-Yves se rassit lourdement. Margot lui décocha un sourire apaisant et se tourna vers leur fils.

— Mais je pensais que tu économisais pour tes études ? L'université, ça coûte cher…

Mathieu leva les yeux au ciel.

— Bon, ça y est… On est déjà rendus à l'université !

Monsieur Tousignant poussa un soupir exaspéré. Margot ouvrit la bouche, mais il leva la main pour la rassurer. Il avait repris la maîtrise de lui-même.

— Écoute, fils… Un avenir, ça se prépare à l'avance, pas à la dernière minute ! Je te pensais plus sérieux.

— Je suis sérieux, papa. Je te l'ai dit. J'ai des objectifs.

— Ah ben, maudit ! Tu appelles ça un objectif, toi, abandonner tes études pour sacrer ton camp en Californie ?

Pour créer une diversion, Margot entreprit de desservir à grand bruit, laissant volontairement échapper une assiette. Elle en avait brisé, de la vaisselle, en vingt ans de mariage ! Cette tactique avait pour but d'obliger tout le monde à faire front commun pour ramasser les dégâts. L'urgence du moment faisait oublier la querelle et permettait aux esprits échauffés de se refroidir un peu. Mais ce soir, elle aurait pu briser le service au complet, personne ne s'en serait rendu compte. Aucun bruit ne serait parvenu à ébrécher le silence dans lequel père et fils s'enveloppaient pour mieux s'affronter. Pour la première fois de sa vie, Mathieu soutenait le regard de son père plus de trente secondes. Bien déterminé à rester calme, il mesura ses paroles avant d'ouvrir la bouche.

— C'est mon objectif à court terme, papa. Je n'abandonne pas mes études, je prends une respiration. J'en ai besoin.

— Eh bien, laisse-moi te dire qu'à long terme, tu risques de te ramasser sur le cul, mon garçon! Essaie de respirer comme du monde dans cette position-là, et tu m'en diras des nouvelles!

Il semblait lui-même sur le point de perdre le souffle, et sa main cherchait machinalement à desserrer sa cravate. «Un nœud coulant, songeait Mathieu en le regardant. Mon père porte un nœud coulant au cou tous les jours de sa vie, en signe d'esclavage et de servitude. S'en rend-il seulement compte?»

— Jean-Yves, je t'en prie…, murmura Margot en passant derrière la chaise de son mari pour se rendre à la cuisine.

— Quoi, Jean-Yves! Ne viens pas me dire qu'il est en train de t'emberlificoter avec son projet d'année sabbatique!

Elle lui effleura l'épaule.

— Non, mais il me semble qu'on pourrait en discuter raisonnablement.

Elle disparut dans la cuisine, manifestant sa désapprobation par des heurts de vaisselle. Son mari se tourna vers la porte.

— Discuter, discuter! Tu trouves qu'on discute, toi? Monsieur nous annonce son intention de tout lâcher…

— Mais c'est faux! protesta Mathieu.

Il désespérait de faire comprendre son point de vue.

— Oui, tu lâches, comme un sans-cœur ! Tu pars en te foutant de tout : de tes études, de ton avenir, de tes parents... et même de ta petite blonde.

— Je ne lâche rien du tout, papa. Et Patricia part avec moi.

Margot, qui sortait de la cuisine, se laissa tomber sur sa chaise sans lâcher le saladier qu'elle rapportait. Jean-Yves se tourna vers elle et se frappa la tempe de l'index.

— Il est fou, il est complètement fou !

Elle prit distraitement une feuille de laitue et la porta à sa bouche.

— Les parents de Patricia ne la laisseront jamais partir !

— Tu vois bien que ça n'a pas d'allure, cette histoire-là !

— Je commence à croire que tu as raison.

— Ce n'est pas trop tôt.

Ils en oubliaient leur fils, l'excluaient de la discussion. « Ça finit toujours de la même manière », songea amèrement Mathieu en les écoutant régler son sort comme s'il n'avait plus voix au chapitre. Il sortit de table et se dirigea vers le vestibule. Margot poussa son mari du coude.

— Jean-Yves..., dis quelque chose. Il s'en va.

— Qu'il en fasse à sa tête ! grogna son mari en lui ôtant le saladier qu'il posa sur la table. Je m'en lave les mains. Ce n'est pas moi qui vais l'empêcher de gâcher sa vie. Mais que *Môssieu* ne s'attende pas à revenir vivre ici comme un coq en pâte après avoir mangé toutes ses économies!

Mathieu haussa les épaules. Tout se passait encore en dehors de lui. Il décrocha son blouson de la patère et sortit de la maison.

C

Mathieu tenait son blouson à la main, le poing crispé sur le col. La porte de la chambre à peine refermée, il le projeta sans le lâcher vers le lit de Patricia. Le vêtement claqua comme un fouet sur la courtepointe bien tendue.

— Maudite vie!

Le front en sueur, le souffle court, il ressemblait à un boxeur épuisé qui retarde le moment de concéder la victoire à son adversaire. Il ouvrait et refermait les poings, crispait les mâchoires. Il tournait en rond dans la pièce et ses bras en mouvement battaient l'air autour de lui.

Patricia ne l'avait jamais vu dans un tel état. Elle se baissa pour ramasser un livre.

— Vas-tu me dire ce qui se passe avant de démolir ma chambre?

— Je ne pars plus! C'est ça qui se passe! On annule tout!

— Quoi?

Elle fixa sur lui un regard incrédule où perçait l'inquiétude. Ils venaient à peine de tout mettre au point ensemble! Quelques heures plus tôt, ils en parlaient encore avec un enthousiasme délirant. Ce projet qu'il avait longtemps caressé en secret était devenu le leur, il les avait rapprochés mieux que des gestes d'amour.

— Je ne pars plus, je te dis! martela-t-il. Adieu, la Californie. C'était un beau rêve fou, trop compliqué à réaliser.

Patricia se mordit les lèvres.

— C'est à cause de ton... Je veux dire...

Elle n'osait pas encore prononcer le mot. Mathieu esquissa un sourire amer.

— De mon hypoglycémie? Non, je t'ai expliqué que ça se contrôlait. C'est bien la seule chose que je peux contrôler dans ma vie, d'ailleurs. Mais pour le reste...

— Matt...

Il eut un geste large, balayant d'avance tous les arguments à venir.

— De toute façon, c'est fichu, tes parents ne t'accorderont jamais leur permission.

Patricia laissa échapper un soupir de soulagement. C'était donc ça! Il prévoyait des difficultés et préférait renoncer à son projet plutôt que de partir sans elle.

— Rassure-toi, mes parents sont d'accord.

— J'ai mon voyage! gémit Mathieu en se laissant tomber sur le lit. J'ai mon ostid'voyage!

La situation lui paraissait tellement absurde qu'il éclata de rire. Patricia crut qu'il se réjouissait de la bonne nouvelle et joignit son rire au sien.

— Oh, ça n'a pas été facile. Ma mère ne voulait rien entendre au début. Mais au lieu d'entrer en conflit avec elle, je l'ai rencontrée sur son propre terrain.

Mathieu haussa un sourcil.

— Quel terrain ?

— L'écriture, sa passion ! Elle sait que je veux devenir journaliste, que je rêve de faire des reportages aux quatre coins du monde, elle m'encourage même à élargir mes horizons. Je lui ai fait valoir que la Californie était une excellente école, et je me suis engagée à rapporter des notes et des idées. Elle n'a pas pu faire autrement que de me donner sa bénédiction.

Mathieu émit un long sifflement.

— Eh bien, tu m'épates ! Son propre terrain ? Avoir su, j'aurais essayé de trouver celui de mon père.

Patricia sentit une serre glaciale lui empoigner le cœur.

— Ton père te met des bâtons dans les roues ? Il te défend de partir ?

— Oh non, penses-tu ! ironisa Mathieu. Il s'en lave les mains, du projet de son grand lâche de fils. Si j'ose partir, je suis banni, c'est aussi simple que ça. Son terrain, c'est un vrai champ de mines ! Un pas de travers, tout m'explose dans la face.

Le cerveau de Patricia fonctionnait à plein régime. Elle avait endossé le rêve de son copain et il lui allait comme un gant. Pas question d'abandonner au premier obstacle.

— Il existe sûrement un moyen de le rallier à ta cause, dit-elle. Réfléchis : ton père, c'est un homme d'affaires, un président de compagnie.

— Une compagnie de tondeuses à gazon et de motoculteurs ! répliqua Mathieu avec une grimace.

En fait de terrain, il s'occupe plutôt de celui des autres!

Patricia refusait de se laisser démonter.

— Et après? C'est quoi, son grand rêve?

— Conquérir le marché américain.

— Tu vois!

Elle jubilait, mais Mathieu la dévisagea comme si elle tombait d'une autre planète.

— Hé, minute…, je te signale que ce n'est pas *mon* rêve, mais le sien.

Il reprit son blouson et se leva, contrarié que son père tienne la vedette dans une discussion qui n'aboutirait à rien, de toute façon.

— Tu pourrais lui rapporter de l'information, suggéra Patricia en le voyant se diriger vers la porte.

Il s'arrêta net, la main sur la poignée, la tête tournée vers elle.

— Jamais de la vie, entends-tu! C'est *mon* voyage, et je n'ai pas l'intention de me taper des visites guidées d'entrepôts de machinerie.

Patricia reprit espoir. Rien n'était perdu, il avait dit «*mon*» voyage avec un tel accent qu'elle le sentait prêt à partir malgré tout.

— Alors, débrouille-toi pour faire la paix avec lui, dit-elle en lui tournant le dos pour s'approcher de l'étagère où elle rangeait ses disques et ses livres. J'aimerais cent fois mieux voyager avec toi que toute seule.

Sans plus s'occuper de lui, elle entreprit de mettre de l'ordre dans ses tiroirs. De dos, elle paraissait sereine, détachée de tout, mais son cœur battait la chamade et ses mains tremblaient.

— Tu partirais seule ! s'exclama Mathieu en revenant sur ses pas.

Son orgueil était piqué au vif, mais il n'y croyait pas. Patricia n'y croyait pas trop non plus. Elle sentit les larmes lui mouiller les joues et les essuya rageusement.

— Je veux… Je veux apprendre à voler de mes propres ailes ! Quitte à le faire toute seule. C'est ma vie, après tout.

Mathieu s'approcha d'elle et l'entoura de ses bras.

— Pars pas sans moi…, souffla-t-il dans son cou.

— Deux mois, ce n'est pas si long…

Patricia sentit son corps se détendre au moment où celui de Mathieu se raidissait. Il relâcha son étreinte et fixa son regard dans le sien.

— Comment ça, deux mois ? On avait parlé de six mois à un an !

Elle lui sourit d'un air penaud.

— C'est tout ce que j'ai pu négocier, avec mes parents : les deux mois de vacances scolaires.

C

En sortant de chez les Longpré, Mathieu était trop perdu dans ses pensées pour prêter attention à la voiture garée le long du trottoir. Dès qu'il l'eut dépassée, les phares s'illuminèrent, le moteur se mit en marche. Il enfonça ses mains dans ses poches et pressa le pas. Les phares s'éteignirent, puis se rallumèrent. La voiture roulait lentement derrière lui. Exaspéré d'être suivi, Mathieu fit brusquement volte-face, une réplique cinglante aux lèvres. Alors qu'il se penchait à la portière, une bouffée de colère l'envahit en reconnaissant le conducteur.

— Papa? Qu'est-ce que tu fais là? Tu m'espionnais?

— Non, je t'attendais. J'ai bien pensé que tu serais chez…

— Excuse-moi, mais j'ai entendu assez de sermons pour ce soir. Je suis fatigué, je m'en vais me coucher.

— Monte! Je n'ai aucune intention de te sermonner.

La voix était ferme, sans animosité. Mathieu hésitait. L'idée de rentrer par les transports en commun ne l'enchantait pas. Il ouvrit la portière et s'affala sur la banquette, décidé à opposer une résistance muette à toute tentative de conversation. Il s'attendait à un petit discours, mais son père conduisait silencieusement, le regard fixé sur la route. Ils n'échangèrent pas une parole.

La porte du garage était restée ouverte, mais monsieur Tousignant arrêta la voiture dans l'allée pavée sans couper le contact. Mathieu, trop centré sur lui-même pour s'en étonner, déboucla sa ceinture de sécurité.

— Écoute, Matt…, ta mère et moi…

Il hésitait, soupirait, pianotait sur le volant. Mathieu se cala dans son siège et croisa les bras. Ça y est, c'était reparti!

— Vas-y, en Californie, si c'est ce que tu veux.

Mathieu tressaillit, mais demeura muet. Ce revirement le stupéfiait, il ne trouvait rien à répondre. Son père baissa la vitre avant de poursuivre, comme s'il avait besoin d'air pour éclaircir ses idées.

— Je ne pense pas que j'aie le droit de t'en empêcher, même si j'ai peur que tu regrettes ta décision. C'est ta vie, pas la mienne. Oublie ce que je t'ai dit, tu peux revenir à la maison n'importe quand. Je sais bien que tu n'es pas un sans-cœur, que tu travailles à temps partiel depuis...

— J'ai changé mes plans, papa.

— Tu renonces à ton voyage ? À cause de moi... Ou parce que les parents de Patricia n'ont rien voulu entendre ?

— Non. Je pars quand même. *Avec* Patricia.

— Je ne comprends pas.

Mathieu grimaça un sourire contraint.

— On a fait un compromis. Les Longpré ont réussi à nous convaincre de partir tout de suite après le bal, de passer l'été là-bas et de revenir à temps pour le cégep. C'était ça ou rien.

Il s'attendait à un soupir de soulagement et fut pris de court par la question de son père.

— Ça te déçoit ?

— Mets-en que ça me déçoit ! Je ne me sens pas prêt à entrer au cégep, je me suis inscrit pour vous faire plaisir et pour faire comme tout le monde. J'ai des chums qui savent exactement ce qu'ils veulent. Yannick Lavoie, par exemple, futur chirurgien-dentiste. Pour lui, c'est facile, c'est même évident. Pas pour moi. J'aurais aimé me donner l'occasion de réfléchir tranquillement à mon avenir. Je n'ai aucune idée de ce que j'ai envie de faire dans la vie, moi. Étudier pour étudier, ça ne me tente pas du tout. Ça me démotive. J'ai besoin d'avoir un but, sinon je perds mon temps.

Il avait parlé sans reprendre son souffle. C'était bien la première fois qu'il tenait un aussi long discours sans être interrompu par les objections paternelles. Monsieur Tousignant se passa lentement la main sur le menton.

— Ce n'est pas fou, ce que tu dis là…

Mathieu eut un sursaut intérieur. On lui avait changé son père ou quoi? Il restait sur ses gardes. C'était trop beau, il devait y avoir une attrape quelque part.

— Ce n'est pas fou…, mais?

— Il n'y a pas de «mais». J'essaie de me mettre à ta place, dans la peau d'un gars de dix-sept ans qui se cherche.

«C'est nouveau, ça!» se retint de répliquer Mathieu.

— Se fixer un but, poursuivait Jean-Yves, c'est ce qui donne la motivation nécessaire pour réussir. J'espère que ton voyage va te fournir l'occasion de réfléchir à tout ça. Peut-être que le dépaysement… Enfin…, tu la trouveras peut-être là-bas, ta motivation.

Son fils haussa les épaules.

— Je ne sais pas. Ma perspective est changée si je pars seulement en vacances.

— Je comprends.

C'en était trop! Mathieu perdit patience. Son père se moquait de lui, à la fin!

— Tu deviens pas mal compréhensif, je trouve.

L'ironie du ton ne fit même pas sourciller Jean-Yves.

— J'essaie, Matt. Tu es mon fils unique. J'ai fait tellement de projets pour toi, mais je me rends compte que mon rêve n'est pas nécessairement le tien. Tu dois faire tes propres expériences, que ça me plaise ou non.

Mathieu rendit brusquement les armes.

— Papa, je ne sais pas quoi dire... C'est tellement...

— Inattendu?

— Mets-en!

— Mon père était maçon, reprit lentement Jean-Yves en regardant droit devant lui. Il espérait que je suive ses traces, mais mon truc à moi c'était costume-cravate. Il ne me l'a jamais pardonné, et ma réussite l'humiliait. Pourtant, je respectais son métier autant que je le respectais, lui. Je l'ai déçu, Matt.

Il fit une pause, ses mains se crispèrent sur le volant. Cette confidence ahurissait et embarrassait Mathieu. L'humilité soudaine d'un homme aussi fier de nature était presque indécente à ses yeux.

— J'ai réfléchi à tout ça en t'attendant ce soir. Moi, j'ai fait à ma tête, j'ai suivi mon propre chemin et je ne l'ai jamais regretté. On ne peut pas vivre sa vie dans les habits d'un autre.

Mathieu n'avait pas l'habitude de voir son père aussi ému. Il redoutait ce qui pourrait s'ensuivre, les effusions maladroites de tendresse, la voix tremblante, les larmes qu'on retient par orgueil et qui nous étranglent. Tel père, tel fils, n'est-ce pas? Il attendit que le nœud de sa gorge se desserre avant de se tourner vers Jean-Yves.

— Parlant d'habits… Me prêterais-tu ton vieux smoking, celui qui est rendu trop petit pour toi, mais que maman garde quand même, au cas où…? C'est pour le bal des finissants. Patricia pense que…

Il crut surprendre une brève lueur de reconnaissance dans les yeux de son père.

18

« Mets ta robe blanche, ton ceinturon doré... »

C'était une malle vieille comme la Terre, toute cabossée, aux flancs couverts de cicatrices, mais assez solide pour faire encore le tour du monde. On n'y prêtait pas vraiment attention. Pour la plupart des visiteurs, elle ne représentait qu'un meuble de plus, une caisse inesthétique transformée en table de salon. Elle encombrait le centre de la pièce. Ses angles aigus, recouverts de laiton, provoquaient des bleus lorsqu'on s'y heurtait par inadvertance.

Sarah, elle, avait tout de suite été fascinée par la malle. Elle ne la considérait pas comme une chose vulgaire, mais comme une page d'histoire. Et parce qu'elle avait été la seule à manifester de l'intérêt pour cette histoire, la vieille dame la lui avait racontée. Il suffisait pour cela de soulever le lourd couvercle. Le coffre s'ouvrait comme un livre d'images. Pour en avoir fait l'inventaire à deux ou trois reprises avec Mary-Jane, Sarah en connaissait par cœur le contenu.

Il y avait d'abord le parfum, un arôme envoûtant, ténu, mais aussi palpable qu'un objet. Il était l'âme du coffre. Sans l'avoir jamais respiré auparavant, on l'associait instinctivement à des souvenirs heureux. Et les mains de Mary-Jane, promenées sur ses trésors, ravivaient leurs couleurs fanées.

Des photos jaunies voisinaient avec un éventail en plumes, si fragile qu'on n'osait l'ouvrir, deux brosses en argent ciselé, d'énormes clés rouillées, un médaillon en forme de cœur, un paquet de lettres enrubanné de rouge, quelques programmes de théâtre, un menu de restaurant, des bottines de bébé, une boule de cristal avec une fleur épanouie au centre, des châles pliés dans du papier de soie mauve, des dentelles crochetées, un ravissant chapeau à voilette… et *La Robe*.

C

La Robe à elle seule racontait l'histoire d'une époque, celle du charleston, et l'histoire d'un grand amour, celui de Mary-Jane et de son Theodore. Ils étaient bien jeunes en ce temps-là, encore des enfants. Leurs maisons étaient voisines. La robe fascinait Mary-Jane, elle appartenait à sa mère Anna qui la conservait précieusement à son intention et qui lui permettait parfois, oh! pas souvent, de l'endosser un court moment… sous stricte surveillance. Le moment venu, Mary-Jane avait hérité de la robe. Sa mère la lui avait donnée pour son bal. Théodore l'aimait, lui aussi. Comme ils avaient dansé, dansé, dansé! Ce soir-là, après le bal, il l'avait demandée en mariage.

C'était une robe créée pour la danse, très droite et très courte, mais garnie de longues franges mouvantes au bas de la jupe.

Debout devant le miroir de la penderie, Sarah et Mary-Jane se tenaient par la main. L'une se projetait dans l'avenir, l'autre dans le passé. Mais elles se sentaient étroitement unies. La robe jetait un pont entre elles, abolissant d'un seul coup le fossé des générations. De tout temps, les jeunes filles avaient aimé danser. De tout temps, elles en avaient rêvé. Et ce rêve secret ne cessait jamais d'exister, il se transmettait silencieusement, d'un cœur à un autre et de mémoire en mémoire.

— *Oh my…,* murmura la vieille dame.

Ses lèvres tremblaient. Elle ferma les yeux.

— *I will dance again…*

Sarah lui pressa doucement la main et sourit à son reflet. La robe lui allait parfaitement.

19

« Dis-moi ce qui ne va pas… »

Yannick roula sur le côté, les yeux fermés. Élodie s'appuya sur un coude et l'observa un moment.

— Tu ne m'aimes plus, c'est ça ?

Il ne répondit pas. Élodie se pencha vers lui, effleura ses tempes d'un baiser.

— Tu es fatigué de moi ?

La main de Yan chercha la sienne.

— Tu dis n'importe quoi.

Le ton se voulait rassurant, mais il fermait la porte à toute discussion. Yannick aurait préféré que sa blonde le laisse seul, mais il ne pouvait pas lui demander de s'en aller. Pas tout de suite. Il se leva pour se donner du mouvement, ouvrit la fenêtre et ramassa les vêtements qu'ils avaient éparpillés dans leur hâte. Il sentait dans son dos le regard insistant d'Élodie. Il anticipait si bien la prochaine question qu'il la formula silencieusement une seconde avant de l'entendre.

— Qu'est-ce qui se passe, Yan?

Elle fronçait les sourcils. Assis au pied du lit, Yan s'habillait lentement, comme sans y penser, mais ce geste créait une distance entre eux. Élodie saisit un tee-shirt qui traînait et l'enfila. Elle aimait porter les vêtements de son copain, imprégnés de l'odeur de son corps.

— Je veux savoir!

Il se tourna vers elle.

— Il n'y a pas de quoi en faire un plat. Une panne, ça arrive à tout le monde.

— Ça ne t'est jamais arrivé, avant.

Yan sentit sa mâchoire se crisper. Mon Dieu, pourquoi les filles étaient-elles aussi compliquées? Ne pouvaient-elles accepter un simple fait sans chercher à l'analyser, à y trouver des raisons plus ou moins obscures? Il était un être humain, pas une machine. La panne se réparerait d'elle-même. Mais Élodie n'admettrait jamais cette explication.

— Mettons que je suis préoccupé, O.K.?

— Pourquoi?

— Je ne veux pas te faire de bébé.

Élodie s'approcha de lui et posa sa tête contre son dos.

— Aucun danger, avec le condom.

— Ce n'est pas sûr à cent pour cent.

— On a juste à faire encore plus attention.

— Ce n'est pas suffisant.

Elle bondit hors du lit, toutes griffes dehors, et se planta devant Yannick.

— Tu veux qu'on arrête? Qu'on ne se touche plus du tout?

— Ce n'est pas ce que j'ai dit.

— Non, mais tu t'arranges pour que ce soit ça qui se produise.

Le ton accusateur agit comme un coup de fouet sur l'ego de Yannick.

— Hé! Penses-tu que je l'ai fait exprès de…

— C'est psychologique, affirma-t-elle. Ton corps obéit à ta peur.

— Possible.

Il se mit à refaire le lit. Bras croisés, Élodie le regardait tirer le drap, le défroisser du plat de la main, l'ajuster de chaque côté. Elle attendait la suite, mais il ne semblait pas y en avoir.

— Possible? C'est tout ce que tu as à dire? finit-elle par lui lancer.

Il secouait un oreiller, le tapotait pour lui faire reprendre sa forme.

— J'aimerais mieux qu'on attende.

Élodie s'empara de l'autre oreiller et l'aplatit d'un coup de poing.

— Tu veux qu'on attende cinq ou six ans avant de faire l'amour?

— Tu pourrais recommencer à prendre la pilule.

— Pas tout de suite. Ça me donne trop de malaises.

Elle avait parlé rapidement, sans le regarder. Il la dévisagea d'un air sceptique. Cette explication, qu'il avait acceptée sans protester six mois plus tôt, lui paraissait maintenant tirée par les cheveux. La nature fantasque d'Élodie pouvait très bien la pousser à négliger toute précaution.

— Je ne peux quand même pas me faire faire une vasectomie!

— C'est ça… Eh bien, on attendra! Mais tu risques d'attendre longtemps, Yannick Lavoie. Très longtemps, même.

Élodie fit passer le tee-shirt par-dessus sa tête et le jeta dans un coin comme s'il lui brûlait les doigts. Elle remit ses vêtements avec des gestes saccadés, choquée que Yannick n'ait même pas réagi à sa menace d'abstinence prolongée. Debout devant son pupitre, il feuilletait distraitement un livre. Élodie se sentait exclue et cherchait un moyen de relancer la discussion.

Depuis le temps qu'ils se connaissaient, elle prenait encore pour de l'indifférence le tempérament flegmatique de son copain lorsqu'ils se disputaient. Il préférait laisser passer l'orage. Elle aurait voulu tout résoudre à sa façon, sur-le-champ; aller au bout de la discussion, retourner la question dans tous les sens, trouver un terrain d'entente. Au fond d'elle-même, elle savait très bien que Yan l'aimait et que ses arguments étaient raisonnables, mais elle refusait de l'admettre. Elle se sentait abandonnée alors qu'elle venait elle-même de couper les ponts. Cet abandon lui parut insupportable. La main sur le bouton de la porte, elle revint à la charge.

— C'est tout ce que ça te fait? Tu me laisses partir sans un mot?

Yan se tourna vers elle.

— C'est toi qui veux t'en aller.

— Je m'en vais parce que tu me laisses tomber!

— Je ne te laisse pas tomber, Lo.

Il n'avait pas bougé. Elle fit un pas vers lui.

— Ah non? Prouve-le! Dis-moi quelque chose, n'importe quoi, mais parle au lieu de me regarder partir sans réagir!

Elle étouffait. Il haussa les épaules.

— Je n'ai rien à dire pour le moment. Je suis tout mêlé. D'après ta réaction, tu considères que je suis coupable de quelque chose et tu cherches à me le faire payer.

Élodie s'assit lourdement sur le bout du lit, les mains entre les genoux.

— Tu ne comprends vraiment rien de rien, Yannick!

— Je comprends au moins une chose: c'est que cette histoire de bébé creuse un fossé entre nous deux. Et le fossé s'élargit de jour en jour. Tellement que si ça continue, notre relation va tomber dedans.

— C'est ce que tu veux? Ça te soulagerait qu'on casse?

Il vint s'asseoir près d'elle, évitant de la toucher.

— Écoute-toi parler, Lo. Tu me jettes toujours le problème à la tête comme si j'en étais le seul responsable. Tu décroches de moi toutes les cinq minutes. Qu'est-ce que tu veux, au juste?

— Oh, Yan… Je suis toute mêlée, moi aussi.

— Je le sais.

Ces trois petits mots agirent comme un baume sur la souffrance d'Élodie. Elle ne se sentait plus seule.

— Je vais recommencer à prendre la pilule, dit-elle au bout d'un moment.

Il l'attira contre son épaule. Il éprouvait le besoin de bouger, de passer rapidement à autre chose, mais l'instant était trop fragile pour risquer une transition brusque.

— Ta robe de bal est prête. Ma mère l'a terminée ce matin.

Élodie s'anima d'un seul coup.

— C'est vrai? Tu l'as vue?

— Non. Je veux la voir sur toi, pas sur un cintre.

Il exprimait simplement son manque d'intérêt pour n'importe quel vêtement neuf. Comment juger de la beauté d'une robe avant que le corps lui ait imprimé sa chaleur, sa forme, son mouvement? Une robe identique, portée en même temps par vingt femmes, revêtirait autant de personnalités différentes. Mais en voyant s'éclairer le visage d'Élodie, il comprit que ses paroles lui avaient fait plaisir.

C'était encore une impression fugitive, mais Yannick sentait qu'il venait de faire une importante découverte sur les relations entre hommes et femmes. Sa blonde n'avait pas la même forme de pensée que lui. Ils s'exprimaient différemment. Ce qu'il disait n'était pas nécessairement ce qu'elle entendait. Le contraire devait être vrai, aussi. Pour se comprendre, il suffisait peut-être simplement que chacun apprenne à traduire le langage de l'autre.

20

Disparue!

— **D**isparue!?! Qu'est-ce que tu racontes?

— Comment c'est arrivé?

Émoi général. Nadia haussa les épaules.

— Je l'ai portée à La Friponne, en consignation. Madame Bastien espérait en tirer un très bon prix.

— C'est sûr : une robe *de New York*!

— Une *Lorenzo Lala*!

— Mais avant qu'elle ait eu le temps de l'étiqueter, la robe impossible est sortie du magasin.

— Quand même pas toute seule! rétorqua Stéphanie.

Patricia, à qui cette éventualité donnait des sueurs froides, croisa les doigts dans son dos. Sarah l'avait vue faire et lui jeta un regard taquin. Pour sa part, rien ne pouvait l'effrayer, elle flottait dans sa bulle et se sentait au meilleur de sa forme.

— Quelqu'un l'a piquée, c'est clair, poursuivait Nadia. Avoir su!

— Ah non, tu ne vas pas regretter de t'en être débarrassée! intervint Élodie, qui ne pardonnait pas à la robe de l'avoir rejetée. Tu l'aurais donnée, de toute façon.

— Mais tu perds de l'argent, ça c'est poche! renchérit Sarah.

— L'argent, je m'en fous. C'était un cadeau de mes parents, et personne n'avait le droit d'en disposer à ma place!

— Ça, c'est bien vrai!

Nadia frémissait d'indignation.

— Ah, si je savais qui a fait le coup, je la… je la… Ah, la maudite voleuse!

— Penses-tu que c'est une fille de notre école?

— Ça pourrait être n'importe qui! Des bals de finissants, il en pleut!

Élodie réfléchissait, sourcils froncés.

— Moi, en tout cas, si je m'abaissais à piquer une robe, je choisirais un autre quartier que le mien. Pas vous?

Ça tombait sous le sens, et toutes en convinrent.

— Tu ne la reverras jamais, ta robe. Et bon débarras! conclut Pat en se frottant vigoureusement les mains. Mais remarque bien ce que je te dis: ça ne lui portera pas bonheur, à ta voleuse. Je le sais, je le sens. La robe impossible va lui régler son compte!

21

« Un, deux, trois…
cha-cha-chat ! »

Sarah sortit de la boutique du nettoyeur à demi rassurée. Après un examen en profondeur, l'expert lui avait affirmé que la robe tiendrait le coup malgré son grand âge. Elle espérait qu'il ne se trompe pas, mais l'angoisse qu'elle ressentait ne venait pas uniquement de son souci de préserver la robe de Mary-Jane. Elle mourait de peur.

Son rendez-vous chez le médecin était fixé à dix-neuf heures. Matt avait offert de l'accompagner, mais Sarah préférait la présence de Louis. Il devait la rejoindre sur place.

Le bureau du docteur Chicoine se trouvait à l'étage de l'immeuble abritant la pharmacie Cantin. Le nom sur l'enseigne éveilla un vague malaise chez

Sarah, sans qu'elle y prête attention. Son angoisse était si forte qu'elle occupait tout le champ de ses pensées.

Elle s'attarda quelques minutes sur le trottoir, espérant voir apparaître Louis. À dix-huit heures cinquante-sept, elle se dit qu'il devait l'attendre à l'intérieur et poussa la porte tournante de l'immeuble. Le hall d'entrée était désert. À gauche s'amorçait un escalier. Une flèche pointant vers le haut était peinte au mur sous l'inscription «Clinique du Faubourg». À droite, la porte vitrée de la pharmacie. Sarah y jeta un coup d'œil, cherchant vainement une tignasse rousse. Après un dernier regard vers le trottoir, elle se décida à monter. L'absence de son copain la contrariait. Pour se rassurer, elle l'imagina assis dans la salle d'attente, feuilletant paisiblement un magazine à moitié déchiré.

Deux personnes descendaient les marches avec une lenteur exaspérante, un homme âgé et une femme qui paraissait être sa fille. Ils se disputaient à propos d'une ordonnance. L'escalier était étroit. Sarah s'appuya contre le mur pour les laisser passer. Elle retint son souffle.

Le parfum de la femme était comme une gifle, il se mêlait désagréablement à l'odeur de poussière et de désinfectant.

La salle d'attente ne se trouvait pas immédiatement en haut de l'escalier. Il fallait d'abord passer par une minuscule antichambre. Sarah remit sa carte à la réceptionniste et dut répondre à quelques questions avant d'être dirigée vers une grande salle, partagée par les patients de cinq ou six praticiens. Sur les vingt-cinq ou trente chaises disposées contre les murs, il n'en restait pas une seule de libre. À la grande déception de Sarah, aucune n'était occupée par Louis. Peut-être était-il aux toilettes? Elle sonda discrètement la porte : elle n'était pas verrouillée. Une grande colère s'emparait d'elle. Elle s'enferma dans l'étroite cabine et s'aspergea le visage d'eau froide. Louis lui avait fait faux bond.

En revenant dans la salle d'attente, elle constata que rien n'avait bougé. Les mêmes personnes étaient assises sur les mêmes chaises. Elle faillit s'en aller, mais l'idée de repasser devant la réceptionniste et de devoir expliquer sa fuite la découragea. Elle se résigna à rester. L'horloge murale marquait dix-neuf heures douze. Pour chaque chaise qui finissait par se libérer, deux ou trois nouveaux patients entraient dans la pièce. Sarah renonça à s'asseoir. Dix-neuf heures trente… Ça lui était égal d'attendre, maintenant. Son tour allait venir trop vite, et Louis brillait par son absence.

Il arriva au moment précis où le docteur Chicoine refermait la porte de son bureau après y avoir fait entrer Sarah. Lorsqu'elle en sortit, au bout de vingt minutes, il jeta le magazine qu'il faisait semblant de lire et bondit sur ses pieds.

— Excuse mon retard, je…

Elle passa devant lui sans le regarder. Il la rattrapa dans l'escalier.

— Sarah, je suis désolé! Un des employés de la quincaillerie était malade, je n'ai pas pu partir avant la fermeture et j'ai dû passer par la pension pour changer de vêtements tellement j'avais eu chaud. Je me suis trompé d'arrêt, il a fallu que je revienne sur mes pas…

Elle le fixa d'un œil éteint.

— Tu m'avais promis de venir !

— Je suis venu.

— J'aurais voulu que tu sois là…

— Je suis là.

Sarah gonfla ses joues et laissa échapper un énorme soupir avant de poursuivre sa descente. Elle n'était plus fâchée, il lui fallait seulement un peu de temps pour libérer son esprit de toute agitation.

— Tu as une ordonnance ? lui demanda Louis en apercevant le papier qu'elle tenait à la main.

— Non. C'est un formulaire pour des tests.

— Qu'est-ce qu'il a dit, le médecin ?

— Je ne vais pas mourir, O.K.? Mais je t'expliquerai plus tard. Je veux rentrer, je suis fatiguée, je meurs de faim.

Il se passa la main sur le menton.

— Ça t'ennuierait qu'on entre une minute à la pharmacie ? J'ai besoin de rasoirs.

Ils poussèrent la porte vitrée. Sarah s'intéressa aux bougies parfumées pendant que Louis arpentait les allées à la recherche des rasoirs jetables. Elle comparait les odeurs lorsqu'une main griffue lui empoigna brutalement le bras.

— Je peux t'aider ou tu regardes seulement ? Je te signale qu'on a des caméras de surveillance pour ceux qui oseraient s'essayer à piquer la marchandise.

Simone Cantin était là, vêtue de blanc, une plaque d'identité épinglée à son sarrau. Sarah dégagea son bras et remit la bougie sur la tablette comme si elle avait réellement été prise en flagrant délit. Si grande était sa surprise qu'elle ne songeait pas à se défendre.

— Tu travailles ici?

La question était idiote.

— Ici, c'est chez moi! martela Simone. Mon territoire. Je peux te mettre à la porte si ça me chante. Et même appeler la sécurité. Qui sait, tu as peut-être les poches bourrées de lampions.

Elle arborait un sourire féroce. Par-dessus son épaule, Sarah vit Louis remonter l'allée. Il avait les mains vides.

— Pardon… Mademoiselle!

Simone pivota sur elle-même, visiblement contrariée par l'interruption.

— Oui?

En apercevant cette belle tête rousse plantée sur des épaules à faire pâlir d'envie un joueur de football, Simone changea instantanément d'attitude. Son rictus se transforma en un sourire aguichant.

— Je peux t'aider?

Elle ne vouvoyait que les clients sans importance, c'est-à-dire ceux qu'elle estimait trop gros, trop laids ou trop vieux. Celui-ci avait à peine deux ou trois ans de plus qu'elle, et il possédait un charme fou.

— Je cherche les rasoirs jetables.

Elle rit, un rire de gorge qui ressemblait à un roucoulement.

— Ils ne sont pas faciles à trouver, hein ? Je n'arrête pas de dire à ma mère qu'il faudrait refaire les étalages.

Simone ne perdait pas de temps. Elle se posait déjà en propriétaire des lieux. Sarah ne pouvait pas voir son visage, mais percevait quelque chose de très sexuel dans son attitude. Louis ne paraissait pas se rendre compte de l'attrait qu'il exerçait sur elle. Il ne répondait pas à ses signaux, pourtant très clairs, attendant paisiblement qu'elle daigne lui prêter assistance. Sarah s'efforça de le regarder comme si elle le rencontrait pour la première fois, comme si elle le voyait à travers les yeux scrutateurs de l'autre fille. Ce qu'elle vit lui plut énormément.

— Suis-moi, dit enfin Simone à Louis. Ici, on offre un service *personnalisé*.

Elle avait appuyé sur le dernier mot pour lui donner un double sens. Coulant un regard de mépris vers Sarah, elle vit avec stupeur que celle-ci regardait *son* client. Et le client, s'approchant d'elle, lui demandait avec une infinie douceur :

— Tu viens, chaton ?

Devant l'air atterré de sa rivale, Sarah faillit éclater de rire. Louis possédait-il un sixième sens ? Il ne l'avait jamais appelée autrement que par son prénom, en privé ou en public. Et ce surnom spontané, prononcé devant l'ennemie, établissait clairement leur intimité. Bien mieux, il réparait l'insulte de la boutique. Il proclamait qu'elle, Sarah Demers, était digne d'amour et d'attention. Elle était l'élue d'un garçon que Simone Cantin trouvait assez intéressant pour tenter de le conquérir. Quelle claque pour cette chipie!

Sarah glissa sa main dans celle de Louis. Son cœur battait très fort. Elle n'avait *rien fait* pour arranger les choses et pourtant, les choses s'arrangeaient d'elles-mêmes, comme par miracle. Madame Mary-Jane avait donc raison…

— Rangée B! articula Simone en tournant les talons.

— Drôle de fille! observa Louis.

Il était loin de se douter que son intervention providentielle venait de mettre un terme au long calvaire de sa blonde. Par une sorte de pudeur instinctive, elle ne lui avait jamais parlé du harcèlement dont elle était victime. Ce soir, elle le ferait. C'était fini, elle respirait.

Ils trouvèrent facilement les rasoirs.

— Pourquoi m'as-tu appelée chaton? questionna Sarah alors qu'ils sortaient de la pharmacie.

— Impulsion irrésistible. La vendeuse me détaillait de la tête aux pieds comme si elle avait l'intention de me dévorer tout cru. Je déteste ce genre d'approche. Et toi, à côté d'elle, tu ressemblais à un petit chat tout tendre et tout mignon. Tu n'es pas vexée, au moins?

— Au contraire! ronronna-t-elle en se serrant contre Louis. C'est une vraie promotion pour moi. J'aime mille fois mieux être ton chat que la souris de Simone.

22

Couds donc!

Michelle cousait lorsque son père, qui ne se serait jamais permis d'entrer dans sa chambre, frappa timidement à sa porte.

— Bonsoir, papa! lui cria-t-elle sans lever le nez de son travail. Sois prudent.

C'était leur rituel. Il répondait toujours : « Prends bien soin de toi. » Mais pas ce soir.

— Peux-tu sortir ? J'ai à te parler.

Surprise et vaguement contrariée, elle tira un fil et le coupa.

— Ça ne pourrait pas attendre à demain ? Je suis occupée.

— Rien qu'une minute.

Michelle poussa un soupir. Sans avoir quoi que ce soit à se reprocher, elle était cachottière de nature et ne tenait pas à montrer sa robe avant qu'elle soit terminée et prête à l'emmener danser. Son père ne s'intéressait pas à ces choses-là, et l'idée de lui en parler ne l'avait même pas effleurée. Il entendait forcément le bourdonnement de sa machine, mais il ne posait pas de questions. Elle jeta un drap sur sa création inachevée et entrouvrit sa porte.

Victor semblait embarrassé. Il ne portait pas sa tenue de chauffeur.

— Qu'est-ce qu'il y a ? Tu ne te sens pas bien ?

— J'ai pris congé. J'ai pensé qu'on pourrait… souper ensemble, pour une fois.

— Je n'ai pas faim.

Elle mentait. Mais sa robe passait avant tout, il lui restait tant à faire avant d'y mettre enfin la touche finale.

Une délicieuse odeur de lasagne en train de gratiner lui chatouilla les narines.

— O.K., céda-t-elle. Mais en vitesse.

Victor Daigneault n'était pas très habile avec les mots, mais sa lasagne était un pur chef-d'œuvre d'onctuosité et fondait dans la bouche. Ils mangèrent en silence et sans se regarder. Il picorait dans son assiette, elle dévorait. Il cherchait comment aborder le sujet, elle avait déjà oublié qu'il souhaitait lui parler.

Pressée de se remettre à l'ouvrage, elle porta son assiette à l'évier, la rinça et se lava soigneusement les mains. Une tache sur son beau tissu serait catastrophique.

— Je ferai la vaisselle plus tard, si ça ne te dérange pas.

— Écoute, Mimi…

Elle fit volte-face, saisie par ce surnom affectueux qu'il avait cessé d'utiliser, à sa demande, depuis sa sortie de l'enfance.

— J'ai pensé que peut-être… As-tu tout ce qu'il te faut? As-tu besoin de quelque chose?

Croyant qu'il faisait référence au montant qu'il lui remettait chaque semaine pour ses petites dépenses et pour l'épicerie, elle secoua la tête.

— Non, ça va aller, il m'en reste encore.

Victor éprouva une bouffée de fierté. Elle était si économe, si raisonnable, sa Michelle. Mettant la main à sa poche, il en sortit une liasse de billets entourée d'un élastique.

— Tiens, c'est pour toi, pour… hum…

Il se racla la gorge. Et comme elle le regardait, bouche bée, incapable de faire un pas vers lui, vers ce cadeau inattendu, ce pactole inespéré qui gonflait son cœur de joie, de stupeur et de gratitude, menaçant de le faire déborder, il se leva de table et vint à elle.

— Pour ton bal, fille.

— Oh, papa!

23
Elle

Ça crevait l'œil au premier regard : elle écrasait les autres de sa supériorité. Comment la décrire ? Provocante, arrogante, agressive et flamboyante, elle en mettait plein la vue. Sans vergogne elle s'imposait, dictait sa loi, éclipsant de son fier mépris toutes ses rivales. C'était une star. Elle n'avait qu'une raison d'être, elle était née pour se pavaner sous les feux de la rampe, pour créer de l'effet et récolter son dû de flatteries et d'applaudissements.

Mais sous sa mine triomphante et ses airs de vedette, elle était cousue de fil blanc. Elle piquait, pinçait, mordait, griffait.

Sa gloire serait éphémère, bientôt on l'abandonnerait. Pour l'heure, elle attendait son match.

Loi immuable, loi de la nature : ce que tu cherches te cherche aussi.

Inconsciente, insouciante, impossible robe *de New York*!

24

Le bal des finissants

Les salles de réception de l'hôtel Horizon portaient toutes des noms romantiques : Bleu Nuit, Clair de Lune, Azur, Constellation.

La plus vaste, Clair de Lune, avait été louée pour le bal des finissants de La Passerelle. D'immenses portes-fenêtres coulissantes donnaient sur les jardins où glougloutait une fontaine illuminée. Une fois ouvertes, elles prolongeaient la piste de danse sur une terrasse baignée par l'éclat tremblotant des lampions. Pour l'instant, des serveurs vêtus de sombre s'affairaient à dresser les tables déjà garnies de fleurs et de bougies. Des grappes de ballons bleus et blancs s'agitaient mollement sous l'effet d'une brise tiède. On n'avait pas encore éteint les grands lustres. Les portes de la salle n'ouvriraient que dans une demi-heure. Sur l'estrade réservée à l'orchestre, les employés d'une discothèque mobile achevaient d'installer leur équipement et testaient la sono.

Un punch de bienvenue était offert dans la salle Bleu Nuit, où crépitaient les flashes des caméras. En principe, les parents n'étaient ni invités ni admis dans la salle de bal. Ce n'était pas leur soirée. Mais plusieurs d'entre eux avaient été réquisitionnés comme chauffeurs et se réjouissaient de porter un toast à la santé de leurs jeunes avant de s'éclipser pour les laisser célébrer à leur façon.

Le directeur de la polyvalente, monsieur Houde, faisait les cent pas dans le grand hall, prenant très au sérieux son rôle d'hôte bienveillant. Il accueillait chaque nouvel arrivant avec une poignée de main et un compliment. On s'amusait de sa tenue de soirée qui lui donnait l'air d'un maître d'hôtel.

— Surveille la réaction du pingouin! murmura Mathieu en poussant Patricia du coude alors qu'ils pénétraient dans l'hôtel.

Pat laissa fuser un rire en se remémorant sa propre surprise lorsqu'il était passé la prendre. Au premier coup de sonnette, ses frères s'étaient précipités, mais elle les avait devancés en les sommant de disparaître. Ce qu'elle l'avait trouvé beau, ce grand bonhomme en tenue de gala qui lui soufflait des baisers à travers la vitre! Veston noir, chemise blanche à plis, nœud papillon... Il était parfait, elle en avait les larmes aux yeux. Ouvrant la porte, elle était restée bouche bée devant le spectacle incongru qui s'offrait à elle, avant de s'écrouler de rire entre les bras de ses frères. L'impassibilité de Mathieu accentuait le comique de la situation. Chaque fois qu'elle se croyait enfin capable de reprendre haleine, Patricia n'avait qu'à le regarder pour repartir de plus belle. Elle en pleurait, son mascara coulait sur ses joues. Attirés par les exclamations de leurs enfants, les parents Longpré étaient venus se joindre à l'hilarité générale.

Le torse sanglé dans un smoking impeccable, Matt avait remplacé le pantalon par un invraisemblable bermuda rose à fleurs jaunes flottant autour de ses genoux, et s'était chaussé de sandales de plage. Le contraste était saisissant.

— Le haut, c'est pour toi, avait-il murmuré à l'oreille de sa blonde en lui entourant le poignet d'un bracelet de fleurs. Le reste, c'est mon drapeau, ma déclaration d'indépendance.

Match parfait… Mathieu *adorait* la robe de Patricia! Mieux encore, il l'adorait, elle. Dans sa mousseline flottante, fleurie de minuscules marguerites, elle ressemblait à un bouton de rose sur le point d'éclore. La simplicité de la coupe flattait sa silhouette, un flou artistique éliminait toute trace de bourrelets imaginaires. Au dernier moment, elle avait abandonné ses talons hauts pour des ballerines, plus confortables.

Le «pingouin» eut en effet un léger haut-le-corps en apercevant Mathieu, mais il lui serra la main avec autant de vigueur et de jovialité que s'il accueillait un haut dignitaire.

— Félicitations, félicitations! répétait-il, sans qu'on sache si ce compliment s'adressait à la tenue fantaisiste ou à la réussite scolaire de Mathieu.

Le geste large, l'œil allumé, le directeur dirigeait chaque nouvel arrivant vers la salle Bleu Nuit. Des groupes se formaient autour des tables où trônaient les bols à punch. On y retrouvait les mêmes clans qu'à l'école, mais transposés dans un décor différent.

Patricia et Mathieu remportèrent un succès fou auprès de leurs amis. Tout le monde s'esclaffait.

— Tiens donc…, ironisa Élodie, pour un gars qui refusait de se déguiser, tu en fais plus que tout le monde!

— Admets que, justement, je ne suis pas comme tout le monde! C'était ça, mon point!

Elle l'admit en riant. Autour d'eux, les flashes crépitaient. Yannick était superbe en habit. Élodie portait une simple tunique blanche, sans ornement, très courte à l'avant mais prolongée à l'arrière par une traîne plissée en éventail. De dos, on aurait dit une mariée. Au lieu du traditionnel bouquet de corsage, Yannick lui avait offert une pierre bleue montée sur un anneau d'argent. C'était trop tôt pour des fiançailles, mais l'anneau représentait le premier maillon d'une longue chaîne de gestes d'amour. Et le bébé dont Élodie rêvait si fort tenait à présent une place concrète dans cette chaîne à bâtir; il viendrait en son temps. Elle était prête à attendre.

Royale dans un long fourreau moulant qui dévoilait une de ses épaules, Michelle arriva seule, conduite par son chauffeur privé et très fière de l'être. De longues boucles argentées ornaient ses oreilles. Le vieux taxi de son père, délesté de son enseigne pour l'occasion, avait été lavé, ciré et bichonné. Victor, qui portait sa casquette, lui ouvrit la portière. Lui offrant son bras, il l'escorta solennellement jusqu'aux portes de l'hôtel, ce qui lui valut une entrée très remarquée.

Coup de foudre. L'un des jeunes serveurs de la salle Bleu Nuit, étudiant en techniques policières, craqua immédiatement pour Michelle. Il ne la quitta plus des yeux, au risque de compromettre l'efficacité de son service. Profitant d'un bref moment où elle se trouvait seule, il lui porta une flûte de champagne sur un plateau et engagea la conversation avec elle.

La mère de Yannick avait créé pour Stéphanie une longue veste fluide, sans manches, évasée en corolle à la taille. Elle la portait sur un pantalon collant de la même teinte, un violet chatoyant qui mettait en valeur la beauté de ses yeux. Elle traînait à sa remorque un grand brun que personne ne connaissait et qui paraissait très intimidé par le décor luxueux de l'hôtel. Toutes les deux minutes, il jetait un coup d'œil affolé à sa montre, comme s'il craignait de rater un important rendez-vous. Stéphanie le présentait uniquement par son prénom et patinait avec brio pour esquiver toutes les questions à son sujet. Pascal était apprenti boucher. Tout en ayant honte de révéler aux autres qu'il exerçait le même métier que son père, elle se reprochait secrètement son snobisme. Elle se trouvait si injuste envers lui qu'elle se mit à le couvrir d'attentions pour se faire pardonner ce qu'il ne soupçonnait même pas. Il finit par la croire très amoureuse et sa gêne redoubla.

Il y eut un moment d'émotion lorsque la Visvikis parut. Une vague de chuchotements parcourut l'assemblée, suivie par un silence entrecoupé de rires nerveux. C'était un événement de la voir en grande toilette, le décolleté scintillant de bijoux. Du coup, elle paraissait plus humaine, plus féminine. Après une ou deux secondes de flottement, monsieur Houde se précipita vers la directrice adjointe, mains tendues. Le noir dont elle était vêtue accentuait de façon spectaculaire la perte de quelques kilos superflus. Deux pans de voilage, agrafés par un clip aux épaules de sa robe, donnaient des ailes à sa démarche. Certains n'arrivaient pas à détacher leur regard de la poitrine restée voluptueuse, où s'étalait un collier de diamants. Les pierres étaient-elles fausses ou vraies ? Chaque année, les finissants se perdaient en conjectures là-dessus. Monsieur Houde, le visage aussi rouge qu'une crête de coq, lâcha son adjointe dans le premier groupe venu avec un soulagement visible.

— Je la trouve très bien, chuchota Élodie à sa cousine.

Elle se sentait pleine d'indulgence pour cette femme sur le retour, qui ne connaîtrait jamais les joies de la maternité. Pour tous les finissants de La Passerelle réunis en ce lieu, le bal était un rite de passage vers un monde nouveau, fascinant, rempli de fabuleuses promesses d'avenir. La Visvikis, elle, resterait en place, continuant de terrifier et de tyranniser plusieurs générations d'adolescents. Mais la rigidité qu'on reprochait à la directrice adjointe n'était qu'une armure protectrice contre l'apitoiement. Elle l'empêchait de s'attacher à tous ces jeunes qui ne faisaient que passer dans sa vie, et de souffrir de leur départ.

Stéphanie, que de telles pensées n'effleuraient même pas, tâchait de s'éclipser en douce pour éviter un face-à-face déplaisant. Trop tard, la Visvikis l'avait dans sa mire.

— Stéphanie, ma chère! roucoula-t-elle.

Mais c'est Pascal qu'elle regardait, cherchant visiblement un nom à mettre sur ce visage qui ne lui était pas inconnu. Il tendit la main.

— Content de vous revoir, madame Visvikis.

Il paraissait sincère, l'animal!

— Pascal Boucher! se souvint-elle. Tu n'as pas changé d'un poil. Toujours aux études?

— Je suis apprenti boucher.

— Comme c'est approprié! s'esclaffa la directrice adjointe. Boucher deviendra boucher. Tel nom, tel métier.

Stéphanie toussait comme une perdue au creux de son bras, espérant atténuer l'éclat de leurs voix.

— Ça ne m'étonne pas de toi, tu sais? poursuivit la Visvikis.

Elle se tourna vers Stéphanie qui cessa net de cracher ses poumons.

— Pascal a déjà placé une grenouille morte dans le tiroir de mon bureau. Je lui ai ordonné de la disséquer et de me présenter un rapport.

À en juger par la mine de son ancien élève, ce souvenir n'évoquait rien de très réjouissant pour lui. La sueur au front, il consulta discrètement sa montre. La Visvikis lui pinça amicalement la joue entre ses griffes rouges.

— Cher, cher Pascal! Passe donc me voir, un de ces jours.

Dès qu'elle eut tourné les talons, Stéphanie entraîna son escorte à l'extérieur. Pour rien au monde elle n'aurait voulu rater l'arrivée triomphale et pétaradante de Nadia et de Scooter en habits de bal sur leur moto! Elle ne fut pas déçue.

— *Wow*, Nadia! *Top model*!

Longues jambes bronzées, sourire et fossettes. Look minimaliste. Cheveux raccourcis au maximum. Robe noire sans ornements, très courte, dénichée dans la garde-robe de sa mère. Scooter portait un jean noir très classe. Chemise éclatante, nœud papillon en soie rouge. Ses chaussures, empruntées à Charles, couinaient à chaque pas. Il finit par les enlever, et courut les enfermer dans la sacoche de sa moto.

C

Sarah et Louis arrivèrent tout de suite après le discours du directeur, et tout le monde les envia d'y avoir échappé! Ils étaient hors d'haleine et si excités que le portier les crut ivres. Ils durent montrer patte blanche avant de pouvoir entrer.

Ivres, ils l'étaient, mais de tous leurs battements de cœur. Un problème de dernière minute s'était posé alors qu'ils s'habillaient pour la soirée. La question de la robe résolue, ils n'avaient plus pensé aux souliers. La tuile !

Sarah ne possédait qu'une paire de grosses bottines. Parmi ses colocataires féminines, une seule aurait pu lui prêter des chaussures convenables, mais elles n'étaient pas de la bonne pointure. Un branle-bas général avait secoué la vieille maison. Les pensionnaires s'étaient cotisés pour lui offrir la somme nécessaire à l'achat de souliers. Il n'était pas question qu'elle refuse, c'était leur cadeau de graduation.

Il avait fallu se dépêcher, les magasins allaient fermer, mais Sarah ne pouvait pas s'y rendre pieds nus ! Elle avait remis ses bottines et ses vêtements de tous les jours. La robe avait réintégré son enveloppe de cellophane. Les épaules à l'étroit dans son habit chromé emprunté à un collègue, la crinière rousse en pics, piercing diamant au sourcil, Louis étincelait de mille feux sous le soleil ardent qui les accompagnait dans leur quête. C'est lui qui transportait la robe, et Sarah courait devant. L'autobus était bondé et leur avait passé au nez.

Alors qu'ils sprintaient, hors d'haleine, vers le centre commercial, Sarah était tombée en arrêt devant une échoppe de cordonnier.

— Louis, regarde !

Il freina pile. Dans l'étroite vitrine, un peu en contrebas du trottoir, trônait la plus craquante paire de chaussures en cuir verni crème, aux talons bas, ornées de larges courroies à bouton. Sarah se pâmait. Elles étaient parfaites! Elles lui faisaient signe.

— On perd notre temps, chaton. Le cordonnier les a mises là pour faire enseigne.

Il avait raison. Mais l'homme s'était laissé attendrir par les supplications de Sarah. Il était son sauveur, son seul et dernier recours!

Les souliers étaient faits pour ses pieds, faits pour la robe. Le cordonnier refusait de les vendre, mais il les lui prêta de bon cœur. Sarah l'embrassa sur les deux joues et lui laissa ses bottines en dépôt.

Leur bourse était intacte, ils riaient de leur veine dans le taxi qui les emportait vers l'hôtel. Sarah s'était précipitée vers les toilettes pour se changer, et ses vêtements roulés dans l'enveloppe de la robe attendaient au vestiaire qu'elle les reprenne en partant.

Louis s'intégra tout naturellement au groupe des amis de Sarah, qui la taquinèrent beaucoup à propos de son amoureux secret. Il connaissait Pascal de vue, et celui-ci perdit rapidement son air de chien piteux tombé dans un jeu de quilles. Stéphanie, en le voyant s'animer, le trouva soudain beaucoup plus à son goût. L'aventure des souliers fut racontée et commentée dans ses moindres détails. Patricia affirma gravement qu'elle croyait aux anges, qu'il s'en trouvait toujours un sur notre chemin aux moments les plus inattendus.

Stéphanie rétorqua que c'était pareil pour les démons. Une allusion à Simone Cantin que personne, d'ailleurs, n'avait encore vue. La discussion tourna un moment autour des phénomènes paranormaux. Élodie, tout sourire, leur prêtait une oreille distraite ; elle communiait silencieusement avec Michelle, assise deux tables plus loin.

Celle-ci était au septième ciel ! Son admirateur, prénommé François, ne la lâchait pas d'une semelle. Il la traitait aux petits oignons, remplissant son verre, se penchant pour ramasser sa serviette et lui murmurer un mot à l'oreille, cherchant son regard et accourant au moindre battement de cils, comme s'il était exclusivement attaché à son service personnel. Son manège amoureux ne passa pas longtemps inaperçu, et les craques amicales fusèrent autour de la table. Pas mal, la Michelle : robe sexy, chauffeur privé, séduisant serviteur à ses ordres… Elle rayonnait. Le futur policier, très adroit pour l'instant dans son rôle de serveur, avait une bonne tête et beaucoup de répartie. Le groupe l'adopta d'emblée. Le cœur en fête, Michelle anticipait l'instant magique où, enfin libéré de son tablier, son nouvel ami la piloterait vers la piste de danse.

C

Comme Sarah complimentait Mathieu sur son élégance, les autres échangèrent des coups d'œil complices. Patricia chuchota quelque chose à l'oreille d'Élodie, qui se pencha à son tour vers

Yannick. Il se leva de table et, jouant les maîtres d'hôtel bien stylés, posa les mains sur le dossier de la chaise de Mathieu.

— Madame désire voir le reste?

Se tapotant les lèvres avec un coin de sa serviette, Matt se leva lentement et s'inclina devant Sarah, qui lui ouvrit les bras. Sifflets, applaudissements, fou rire. Mathieu la serra contre lui et lui tapota longuement le dos.

— Ça va? lui souffla-t-il à l'oreille.

— Le rêve. Toi?

— Le pied!

Il y eut un court silence…, puis des oh! et des ah! Un brouhaha de chaises. Les cris et les sifflets reprenaient de plus belle, déchaînés cette fois, jeunes voix masculines gonflées à la testostérone. Sarah se détacha de Mathieu, leva les yeux, et sa main chercha celle de Louis.

Elles étaient là, et elles ne faisaient qu'une.

C

Match parfait. La robe était folle de Simone.

Ça crevait l'œil au premier regard: elles écrasaient les autres de leur supériorité. Comment les décrire? Provocantes, arrogantes, agressives et flamboyantes, elles en mettaient plein la vue. Sans vergogne elles s'imposaient, dictaient leur loi, éclipsant de leur fier mépris toutes leurs rivales. Elles étaient des stars. Elles n'avaient qu'une raison d'être, elles étaient nées pour se pavaner sous les

212

feux de la rampe, pour créer de l'effet et récolter leur dû de flatteries et d'applaudissements.

Mais sous leur mine triomphante et leurs airs de vedettes, elles étaient cousues de fil blanc. Elles piquaient, pinçaient, mordaient, griffaient.

Leur gloire serait éphémère, bientôt on les abandonnerait. Loi immuable, loi de la nature : ce que tu cherches te cherche aussi.

Inconsciente, insouciante, impossible Simone Cantin !

C

Nadia et Stéphanie n'eurent pas à attendre très longtemps avant que Simone ne sente la nécessité absolue de retoucher son maquillage. Se concertant d'un signe, elles lui emboîtèrent discrètement le pas. Leur plan était simple, elles l'avaient mis au point en trois minutes. Nadia, qui n'avait jamais été en proie aux vacheries de Simone, attaqua la première en affectant d'être éblouie. Elle n'eut pas besoin de se forcer.

— *Wow*, Simone ! Méchant pétard ! Tourne donc, voir…

Simone pivota plusieurs fois sur elle-même.

— Pas mal, hein ? Je l'ai achetée à New York

— Une *Lorenzo Lala* ! T'es folle ! C'est pas donné.

Simone lui jeta un regard entendu.

— Ça paraît que tes parents sont riches, tu connais le beau, toi.

Stéphanie, qui faisait mine de gratter une tache sur sa tenue, toussa au creux de sa main pour étouffer un rire, car elle anticipait la suite.

— Le plus drôle, poursuivait Nadia, c'est qu'ils m'en ont acheté une *pareille*, mais finalement j'ai changé d'idée. Une chance rare, parce qu'on aurait eu l'air folles ce soir! Je m'en suis débarrassée dans une friperie. La Friponne, tu connais?

Une lueur d'inquiétude traversa le regard de Simone. Grimaçant un sourire, elle s'enferma dans une cabine. Aucun problème, elle restait à portée de voix.

Stéphanie se lavait les mains, prête à entrer en scène. Fière de sa propre performance, Nadia lui mima le signal attendu.

Et… Action!

— T'aurais jamais dû t'en défaire, de ta robe! Je la trouvais belle *sur toi*.

Nadia ouvrit le robinet. Stéphanie prit une feuille de papier au distributeur. Elles ne s'occupaient plus de Simone, mais Simone les entendait.

— Moi aussi je l'aimais, grosse dinde, mais c'est à cause de l'épidémie. Mes parents ont été obligés de faire désinfecter toute la maison. Oh! ils en ont juste trouvé une dizaine, mais ça se reproduit tellement vite ces bibittes-là que tu te retrouves infesté en moins de deux. Ça se cache partout, dans les valises, dans les ourlets des robes…

— Ouache! De quoi tu parles? s'écria Stéphanie sur un ton horrifié, en visant la poubelle.

Elle rata son coup et la boulette de papier humide heurta la porte de la cabine où Simone, atterrée, se terrait.

— De l'épidémie de punaises de lit ! Il y en a partout à New York, ça grouille de punaises là-bas, c'est malade, et ça se propage jusqu'ici.

Elles échangèrent un sourire dans le miroir et sortirent bras dessus, bras dessous, laissant Simone se gratter au sang dans sa belle robe *de New York*.

C

Une formidable énergie soulevait la salle. On tapait sur les verres avec les cuillers, chacun se levait tour à tour pour prononcer une courte allocution. Projets de vacances, projets d'avenir…

— Vive la liberté ! hurla quelqu'un, et il eut droit à une ovation de cinq minutes.

La seule idée de s'exprimer en public donnait des sueurs froides à Sarah. Mais c'est d'une voix ferme qu'elle annonça son engagement au snack-bar de Pop pour l'été. Elle aurait aimé préciser que ses fonctions consisteraient à tenir compagnie à une merveilleuse vieille dame tout en s'occupant d'un enfant de quatre ans, mais ses genoux tremblaient trop. Qu'importe, elle venait de remporter une belle victoire sur elle-même. Patricia et Mathieu furent les derniers à parler. Leur départ imminent pour la Californie suscita beaucoup d'envie. Et soudain, l'atmosphère jusque-là vibrante tourna à la nostalgie. Les regards devinrent songeurs. Les groupes allaient se défaire, les amis se disperser, certains d'entre eux n'auraient plus l'occasion de se revoir. Élodie les ramena à la réalité.

— On ne va pas disparaître! On est sur Facebook!

Une chaîne de mains se forma autour de la table. Il y eut des promesses, des serments un peu fous, des claques dans le dos et des plaisanteries. Le moment d'émotion était passé.

Le repas enfin expédié, les tables furent desservies, repoussées contre les murs, et la piste de danse se retrouva vite encombrée. Il faisait si chaud que la plupart des danseurs se replièrent vers la terrasse. Simone Cantin avait retiré ses chaussures et barbotait dans la fontaine. Le bas de sa robe était déchiré, l'ourlet pendait lamentablement.

— Drôle de fille…, observa Louis pour la deuxième fois.

Il n'avait pas remarqué l'absence de Sarah. Au moment où il s'en étonnait, il la vit revenir vers lui, les joues enflammées. Elle se haussa sur la pointe des pieds pour l'embrasser.

— Viens danser, proposa-t-elle.

— La discothèque vient de faire relâche!

— Attends, écoute…

Il n'entendait rien d'autre qu'un brouhaha de voix. Puis une musique éclata, entraînante et facilement reconnaissable, mais si démodée qu'elle avait dû se tromper de salle.

— C'est un charleston!

La mine réjouie de Sarah proclamait qu'elle était responsable de cette demande spéciale.

— Allez, viens ! insista-t-elle en le tirant par la manche.

— Mais je ne connais rien au charleston !

— Moi non plus, dit Sarah en l'entraînant vers la piste. Mais ça m'est bien égal. Cette danse-là, je l'ai promise à Mary-Jane.

EXTRAITS DE L'ALBUM
DES FINISSANTS

Simone Cantin

« Miroir, joli miroir, dis-moi qui est la plus belle ? Et si tu te trompes de nom, je te casse en mille morceaux ! » Non, sans blague, notre Simone est irremplaçable. Sa plus belle qualité ? Son profil. Elle fera sa marque partout où elle ira.

(Anonyme)

Bye, Simone, bonne chance, beaux rêves, pas de puces, pas de punaises !

(Anonyme, avec plein de bisous)

Élodie Constantin

Je dévoile ici un secret de polichinelle : ses enfants, en ribambelle, auront les plus belles dents du monde grâce à leur papa dentiste. Souhaitons beaucoup de bonheur au couple le plus sympa de la promotion, Élodie et son Yannick (Lavoie).

(Stéphanie Girard)

Michelle Daigneault

Mon amie de toujours, parfois perdue de vue, mais jamais perdue de cœur, Michelle se destine à une carrière en design de mode. Elle a un talent fou, et je l'admire pour sa grande détermination et sa ténacité. Elle ira loin, notre Michelle ! Bises XXXX

(Élodie Constantin)

Sarah Demers

Ses yeux reflètent ce qu'elle est. C'est court mais ça dit tout. Et puis, ma blonde est jalouse (blague). Bonne chance, Sarah, future médecin. Et n'oublie pas le proverbial adage : « Médecin, soigne-toi toi-même… » :–)

(Mathieu Tousignant)

Nadia Larue-Meury

Discrète, généreuse, énergique et un brin farceuse, Nadia est en amitié la partenaire parfaite.

(Steph, Pat, Sarah, Élo, Mimi et la gang)

Stéphanie Girard

Une tornade serait plus reposante! Ses manières sont des plus tordantes. Elle est notre clown, notre amie, notre enfant.

(Yannick Lavoie)

Yannick Lavoie

Yan est un gars très calme qui prend la vie *relax*. On le voit rarement s'énerver ou se dépêcher. Voilà sûrement pourquoi il arrive en retard partout! Il fait ce qu'il lui plaît tout en respectant les autres. Plus tard, je me souviendrai de lui comme d'un gars dans la lune et qui dort dans ses cours. Espérons que ses futurs patients n'auront pas de rage de dents!

(Patricia Longpré)

Patricia Longpré

Ceux qui la connaissent depuis la maternelle savent pourquoi on l'a surnommée L'Arrosoir. Cette future journaliste nous inondera bientôt de fascinants reportages!

(Michelle Daigneault)

Mathieu Tousignant

Il a l'âme d'un anarchiste et le cœur d'un saint-bernard. J'aimerais qu'il soit mon frère. Il l'est.

(Sarah Demers)

25
Les ailes brisées

La porte de la chambre était restée entre-bâillée. Jean-Yves Tousignant la poussa sans bruit et contempla le champ de bataille. Le smoking, le nœud papillon et la chemise gisaient en tas sur la carpette. Le bermuda coiffait l'abat-jour de la lampe et les souliers de plage semblaient en chicane, la pointe de l'un tournée vers le lit et celle de l'autre vers la fenêtre fermée. Il régnait une chaleur suffocante dans la petite pièce. Le soleil de l'après-midi filtrait entre les lattes du store et découpait des zigzags de lumière sur les bosses de la couverture.

La sonnerie persistante du téléphone n'avait pas tiré Mathieu de son sommeil. Il dormait, presque invisible, un bras pendant hors du lit.

La vision de ce bras immobile, détaché du reste, fit naître une terreur irraisonnée au cœur de monsieur Tousignant. Il eut envie de s'agenouiller près du lit, de saisir le poignet de son fils entre ses doigts et de tâter son pouls pour s'assurer qu'il battait encore. La respiration bruyante de son fils le rassura. Il eut une bouffée de reconnaissance pour cette vie à la fois si forte et si fragile. Mathieu représentait en ce moment un miracle de désordre et de chaleur humaine. Il gisait inconscient, protégé de la réalité et du chagrin. Et lui, son père, allait le réveiller brutalement pour lui annoncer… Il hocha la tête et fit volte-face, mais sa femme était là, les yeux rougis, et son regard muet cherchait un réconfort qu'il se sentait impuissant à lui donner. Il lui prit la main et la serra à la broyer.

La couverture remua. Mathieu bougea, sa tête émergea un instant, et sa bouche s'ouvrit comme celle d'un plongeur aspirant l'air à la surface de l'eau, puis redisparut sous l'oreiller. Ses parents s'avancèrent. Margot tendit la main et la retira aussitôt.

— Mathieu…, chuchota-t-elle. Matt!

Il ne restait qu'une toute petite place de libre au bord du lit, et Jean-Yves l'évalua du regard avant d'y poser en équilibre la masse de ses cent kilos. Mathieu poussa un grognement. Il avait vaguement conscience de l'affaissement du matelas. Une main ferme lui secoua l'épaule.

— Réveille-toi, fils…

Mathieu marmonna des paroles inintelligibles avant de se figer, soudain, les yeux encore tournés vers son rêve, mais l'oreille en alerte. Il lui semblait entendre quelqu'un sangloter.

— Patricia? murmura-t-il en se soulevant sur un coude.

Ses parents se regardèrent.

— Elle va bien, le rassura Margot en s'essuyant les yeux. Elle arrive. Mais… oh, Mathieu…

Il se dressa brusquement, l'œil hagard.

— Quoi? Qu'est-ce qu'il y a?

Mais il ne voulait pas savoir. La présence de ses deux parents en même temps dans sa chambre ne présageait rien de bon. Son instinct l'avertissait que leur insistance à le tirer du sommeil avait une cause douloureuse. Il tenta d'échapper à ce qu'il sentait venir, à cette chose hideuse qui posait un rictus sur leur visage hagard et déformait leurs traits. Ils l'avaient toujours protégé de tout, de la souffrance, de la laideur, du chagrin. Pourquoi, pourquoi fallait-il qu'ils démissionnent aujourd'hui de leur rôle?

— Laissez-moi dormir…, gémit-il.

Mais la voix implacable de son père chassa ses dernières bouffées de sommeil.

— Il y a eu un accident, Matt…, un grave accident de la route, vers trois heures du matin. Quatre jeunes de ton bal.

Mathieu tourna la tête vers sa mère, cherchant une dénégation dans son regard. Elle baissa les yeux.

— Qui? Qui? hurla-t-il en rejetant ses couvertures.

Un faible espoir l'envahit: ce pouvait être n'importe qui, il fallait que ce soit n'importe qui. Les finissants du secondaire ne se connaissaient pas tous intimement. Chaque fois qu'un jeune de son âge subissait des blessures ou trouvait la mort dans un accident de voiture, son cœur se déchirait. Mais pas ses amis, jamais ses amis, oh non, il ne le supporterait pas.

— Qui? répéta-t-il, et son air buté devint menaçant.

Sa mère vint s'asseoir de l'autre côté du lit. Ils l'entouraient encore, faisant de leurs bras une corbeille où il aurait pu se rouler en boule et se rendormir.

— Yannick… Élodie… Sa cousine Stéphanie Girard et un autre garçon…

Trois noms, trois couteaux plongés en plein cœur. La haine en prime pour ce conducteur ivre ou maladroit, impardonnable. Mais par-dessus tout, le déni.

— Nooooon! ça ne se peut pas, c'est trop débile! Maudits menteurs, allez-vous-en! Sortez de ma chambre!

Il les haïssait de toutes ses forces: son père qui le retenait prisonnier dans ses bras durs comme des barreaux d'acier, sa mère qui lui caressait les cheveux en sanglotant. Il ne pleurait pas, lui, ce n'était pas la peine, on lui avait menti. Et la preuve…

— Ils n'avaient pas pris une goutte d'alcool! Rien qu'une petite coupe de champagne avant le souper!

— Pas tes amis, soupira son père. Mais on ne peut pas en dire autant des conducteurs des deux autres voitures.

— *Deux* autres voitures?

— Ils fonçaient à pleins gaz, apparemment engagés dans une course. Ils ont grillé un feu rouge et…

— En pleine ville… Incroyable…, murmura Margot en marchant vers la fenêtre.

— C'est con, oui!

Mathieu cessa de se débattre. Il voulait savoir, il fallait qu'il sache.

— Ils sont blessés? Il y a des morts?

Il n'osait envisager le pire.

— Un mort. L'escorte de Stéphanie, c'est lui qui conduisait.

Pascal, l'apprenti boucher. Mathieu se souvenait de lui à présent.

— Les autres? Yan, Élodie, Steph?

Sa main tordait le coin du drap. Une sueur froide le glaçait des pieds à la tête.

— Grièvement blessés, Matt. Pour Yannick et sa blonde, fractures diverses. On sait déjà qu'ils vont s'en tirer. Mais Stéphanie est aux soins intensifs, entre la vie et la mort.

Stéphanie le clown, Stéphanie la fofolle dans sa toge, soufflant sur le pompon qui lui retombait devant les yeux… À quoi ça ressemble d'être ballotté entre la vie et la mort? Mathieu souffrait trop pour pleurer. Jean-Yves restait prostré. Margot avait soulevé deux lamelles du store et regardait dehors comme si elle attendait quelqu'un. La chambre donnait sur le devant de la maison.

— Patricia arrive, annonça-t-elle. Avec un garçon et une fille que je ne connais pas.

Elle sortait de la pièce, soulagée de pouvoir s'activer. Jean-Yves hésitait, se levait et se dirigeait à son tour vers la porte, se tournait vers son fils.

— Si tu veux, je peux vous conduire à l'hôpital. Je ne suis pas certain que vous puissiez voir vos amis, mais le fait d'être là, tous ensemble…

Mathieu acquiesça silencieusement et sortit du lit. S'approchant de la fenêtre, il vit Patricia ouvrir la petite barrière blanche. Son visage était grave, de grandes traces rouges marbraient ses joues, mais elle ne pleurait pas. Son cœur se serra à sa vue. Comme il l'aimait!

À deux pas derrière elle, il reconnut Louis Lecours et se rappela que celui-ci connaissait Pascal. Sa gorge se noua. Un autre jeune, un jeune de plus, un jeune de trop, les ailes brisées en plein essor, crac! fauché par la mort et qu'on ne reverrait plus. Et Stéphanie qui…

Margot leur ouvrait la porte, les pressait d'entrer, poussait Patricia et Louis vers la cuisine en chuchotant, appelait Mathieu d'une voix chantante, plus claire que d'habitude. Lui ne bougeait pas, retenant son souffle.

Sarah venait la dernière. Elle tenait à la main une rose rouge sang, et ses cheveux pâles, sous le soleil ardent, lui faisaient un casque argenté de guerrière.

Ayant refermé la barrière, elle leva les yeux vers la fenêtre où Mathieu se tenait embusqué. Elle lui sourit. C'était un sourire triste, mais brave, une sorte de promesse, et Mathieu se sentit étrangement réconforté à l'idée qu'il lui était destiné.

Table des matières

Ce roman est une œuvre de fiction. Mais les thèmes qui y sont abordés sont inspirés et tirés de la réalité. De multiples réalités, qui génèrent à leur tour de multiples situations de vie. Excitantes, drôles ou tragiques, ce sont peut-être aussi les tiennes.

Être en deuil

Perdre un être cher, une amitié, une relation amoureuse, un animal favori est un événement douloureux, difficile à accepter. Chacun le vit à sa façon : déni, colère, incompréhension, repli sur soi. On peut aussi se sentir endeuillé d'avoir quitté son quartier et ses amis, subi un échec, perdu un objet auquel on tenait ou renoncé à un beau rêve. Le processus de guérison passe souvent par toute une gamme de malaises et d'émotions. Il est bon d'en parler, une fois le premier choc passé.

Le deuil fait partie de la vie. Un jour à la fois, c'est son cheminement.

Tu as besoin d'aide ? Voici quelques adresses :

La maison Monbourquette – www.maisonmonbourquette.com
1-888-Le-deuil (533-3845)

Deuil-Jeunesse – www.deuil-jeunesse.com
418-624-3666 et, en urgence, 418-670-9772

L'ordre des psychologues du Québec – www.ordrepsy.qc.ca
514-738-1881 ou 1-800-363-2644

Dans toutes les régions, les Centres de santé et de services sociaux (CSSS) offrent aussi des ressources.

Taxage, harcèlement, intimidation, cyberintimidation

En es-tu victime ? Trop de gens le sont. Pour faire cesser ces agressions, il faut les dénoncer. Passe le mot, passe le flambeau ! Confie-toi à un adulte responsable (parent, enseignant, psychologue scolaire). Un grand nombre d'écoles se sont déjà dotées d'une politique antitaxage et prévoient des sanctions en cas de harcèlement. Renseigne-toi !

Tu peux aussi trouver de l'information auprès des organismes ci-dessous :

Tel-Jeunes – 1-800-263-2266

Jeunesse J'écoute – 1-800-668-6868

La violence, un outil ? Contrairement à ce que croient les agresseurs, la violence, une fois sous tension, attire les ennuis comme un aimant, échappe à tout contrôle, provoque maints dégâts souvent irréparables. Élodie, dans ce roman, l'a appris à ses dépens. N'attends pas que les choses s'aggravent. N'attends pas de la violence qu'elle règle tes conflits ou qu'elle te venge d'une agression. Si la tension devient insupportable :

- Fais appel à un adulte. Il a l'autorité d'agir et les bons outils.
- Vois si, par toi-même ou avec de l'aide, tu peux changer peu à peu ta façon de voir les choses et de régler tes différends.

Pardonner l'offense ? On en a tous fait l'expérience : pardonner est un soulagement. Et que dire d'être pardonné ! Pour être libérateur, le pardon n'entraîne pas forcément une réconciliation. Accomplir un geste symbolique, comme l'a fait Sarah au début du roman, peut parfois aider à se libérer momentanément du fardeau de la rancune. Il n'existe pas de solution magique. Certaines blessures sont plus longues à cicatriser que d'autres. Si c'est le cas, donne-toi du temps.

Si tu désires plus d'informations, les livres suivants pourraient t'intéresser :

Du bon usage de la haine et du pardon, par Gabrielle Rubin, aux Éditions Payot

Comment pardonner ? par Jean Monbourquette, aux Éditions Novalis

Pardonner pour de bon, par Fred Luskin, aux Éditions Fides

Ton bal des finissants

Soirée magique et mémorable ! Tant de choses à prévoir, à organiser ! Comme Sarah et ses amis, tu comptes tes sous, tu surveilles les soldes, tu cherches ton style, tu couds, tu cours et ton cœur a des ailes !

Seul(e) ou accompagné(e) ? C'est ton choix. Certains préfèrent y aller en groupe. Une fois sur place, tu ne manqueras pas de compagnie. Michelle, dans ce roman, en a fait l'expérience.

Oseras-tu l'inviter ? Si c'est le cas, ne tarde pas trop ! Et si la personne élue n'est pas ton premier choix, comme Pascal pour Stéphanie dans cette histoire, ne lui fais pas sentir qu'elle est pour toi un pis-aller ou un bouche-trou.

Tradition ou improvisation? Comme Mathieu, rien ne t'empêche de faire un compromis vestimentaire! N'oublie pas d'assortir ta tenue à celle de ton ou ta partenaire.

Création exclusive ou vêtement emprunté? Assure-toi que le style pour lequel tu craques correspond à ta personnalité. Comme Élodie et ses amies, trouve ton match. Des solutions créatives sont à ta portée. Certaines friperies offrent à bon prix des vêtements griffés. Parles-en autour de toi, rien ne vaut un bon remue-méninges. Comme Sarah, tu feras peut-être d'étonnantes découvertes.

Accessoires en folie: Souliers, sacs, bijoux et autres colifichets doivent mettre en valeur ton look sans l'éclipser. Dans cette histoire, Nadia joue avec succès la carte de la simplicité.

Coiffure et maquillage: Fais des essais, confie-toi aux bons soins d'une amie aux doigts de fée ou prends rendez-vous chez un professionnel. Réserve à l'avance!

En effeuillant la marguerite: Naturelles ou en tissu, parsemant ta chevelure ou montées en bracelet, les fleurs rehaussent à merveille l'éclat de ton bonheur. En porter ou en offrir demeure cependant un choix personnel. Si tu tiens aux fleurs, vérifie si on a l'intention de t'en offrir. Dans le cas contraire, et si ton budget te le permet, fais-toi plaisir.

Qui doit payer la note? Certains parents le font. Si tu as un revenu d'emploi ou des économies, tu voudras sans doute apporter ta contribution.

Défauts réels ou imaginaires? Aucune robe ne te va et tu brises tes miroirs. Comme Patricia, trouve ton style! Fais-toi conseiller.

Carrosse ou citrouille? Tous ne se rendent pas au bal en moto comme Nadia et Scooter! Chic alors pour une limousine, mais il existe d'autres options. Certains parents endossent volontiers le rôle de chauffeurs. Si tu te véhicules par tes propres moyens, l'alcool et les drogues sont à proscrire. Et comme Patricia, en cas de besoin, tu peux toujours compter sur *Cool Taxi* pour te ramener au bercail en toute sécurité : http://www.cooltaxiquebec.ca/.

Plusieurs sites Internet publient des dossiers spéciaux sur les bals de finissants, tu n'as qu'à taper «bal de finissants» ou «robe de bal» dans n'importe quel moteur de recherche et tu trouveras une foule de ressources et d'idées.

Malheureusement, on déplore trop souvent des accidents causant blessures graves et pertes de vie à la sortie des bals de finissants. Alors, prudence. Ne cours aucun risque de te briser les ailes.

Bon bal!
Danièle

INVITATION

En terminant la lecture de ce livre, vous avez sûrement des impressions ou des commentaires au sujet de l'histoire, des personnages, du contexte ou de la collection Faubourg St-Rock en général. Si le cœur vous en dit, il nous ferait plaisir de les connaître. Voici nos coordonnées :

Collection Faubourg St-Rock+
Éditions Pierre Tisseyre
155, rue Maurice
Rosemère (Québec) J7A 2S8

info@edtisseyre.ca
desro50@videotron.ca

Un grand merci à l'avance !

PLAN DU
FAUBOURG
ST-ROCK

HERRIMAN

Chemin de la falaise

DURUISSEAU

CÔTE-ALPESIROP

DES ARTISANS

TANQUERAY

WODEHOUSE

DE L'OASIS

DES ÉGLANTIERS

BOULEVARD DE LA PASSERELLE

Arena

H

DE L'ALLIANCE

CROISSANT ST-ROCK

COLLECTION FAUBOURG ST-ROCK+
directrice : Marie-Andrée Clermont

Note : Les ouvrages listés ci-dessus dans la collection
Faubourg St-Rock + sont des versions réactualisées
des romans portant les mêmes titres parus
de 1991 à 1998.

Ce livre a été imprimé
sur du papier enviro 100 % recyclé.

Empreinte écologique réduite de :
Arbres : 2
Déchets solides : 137 kg
Eau : 9 051 L
Émissions atmosphériques : 356 kg

Ensemble, tournons la page sur le gaspillage.